www.ingramcontent.com/pod-product-compliance
Lightning Source LLC
LaVergne TN
LVHW010359070526
838199LV00065B/5858
9789369089307

یہ من بڑا چنچل ہے

(ناول)

ٹھاکر پونچھی

© Taemeer Publications LLC

Yeh Mann bada chanchal hai *(Novel)*

by: Thakur Punchhi

Edition: March '2025

Publisher :

Taemeer Publications LLC (Michigan, USA / Hyderabad, India)

ISBN 978-93-6908-930-7

9 789369 089307

مصنف یا ناشر کی پیشگی اجازت کے بغیر اس کتاب کا کوئی بھی حصہ کسی بھی شکل میں بشمول ویب سائٹ پر اَپ لوڈنگ کے لیے استعمال نہ کیا جائے۔ نیز اس کتاب پر کسی بھی قسم کے تنازع کو نمٹانے کا اختیار صرف حیدرآباد (تلنگانہ) کی عدلیہ کو ہو گا۔

© تعمیر پبلی کیشنز

کتاب	:	**یہ من بڑا چنچل ہے** (ناول)
مصنف	:	**ٹھاکر پونچھی**
صنف	:	فکشن
ناشر	:	تعمیر پبلی کیشنز (حیدرآباد، انڈیا)
سالِ اشاعت	:	۲۰۲۵ء
صفحات	:	۱۱۰
سرورق ڈیزائن	:	تعمیر ویب ڈیزائن

ٹھاکر پونچھی

یہ من بڑا چنچل ہے

ایک ناول

آدھی رات کی بھیگی بھیگی سی چاندنی میں اس نے تارا کو ایک نئے رنگ روپ میں دیکھا۔ ایک اداس تھکی سی متین صورت۔ سفید لٹھے کی شلوار، چھینٹ کی قمیض، گردن کے گرد لپٹا ہوا ریشمی دوپٹہ اور ان پر بکھری ہوئی آوارہ زلفیں اور دیکھنے کا شرمیلا الھڑ سا انداز جیسے پہلی بار گھر کی چہار دیواری سے باہر نکلی ہو۔ جیسے پہلی بار نظریں کسی سے ٹکرائی ہوں۔ اب اس کے سامنے ہوٹل کی نشہ آلود ماحول کی تارا نہ تھی۔ اس کے خوابوں کی ایک سیدھی سادی دیہاتی لڑکی تھی اور چاروں طرف آدھے چاند کی کھلی پھیلی فضا اور بیچ میں ٹمٹماتا ہوا ستارہ اور........ وہ تارا کے شفاف معصوم چہرے سے اپنی نظریں نہ ہٹا سکا

یہ اندازہ نہ لگا سکا کہ تارا کی پلکوں کے جھکاؤ میں کہاں کہاں کی سرحدیں ملتی ہیں۔ کہاں کہاں کی تہذیبیں آکر بستی ہیں۔ وہ بہت کچھ جاننا چاہتا تھا۔ کئی سوال ایک ساتھ شعور میں ابھرے دب گئے۔ وہ اپنی زبان نہ کھول سکا۔ صرف خاموش بیٹھا دیکھتا رہا۔ تارا کو ان پستیوں اور تنہائیوں میں اتارتا رہا ۔ جہاں اس کا ایک چھوٹا سا

گھر تھا۔ سُونا ویران گھر۔ جہاں برسوں سے پازیب کی نقرئی جھنکار کی ضرورت تھی تاکہ برسوں کی زنگ آلود تنہائیاں جھنجھنا اٹھیں ۔ برسوں کی منجمد تاریکیاں یکبارگی جل اٹھیں کتنے برسوں کی تمنا تھی۔ آج پوری ہوئی۔ وہ تارا کو اپنے پاس بٹھا کر باتیں کرنا چاہتا تھا۔ اس کی آواز میں جو درد تھا۔ اس کے گیتوں میں جو مہک تھی۔ اس کے رقص میں جو تڑپ تھی۔ اس کے دیکھنے کے انداز میں جو اضطراب تھا۔ وہ انہیں قریب سے دیکھنا چاہتا تھا اور آج تارا پاس بیٹھی ہوئی تھی۔ ایک خواب حقیقت بن گیا تھا۔ آج تارا بلا جھجک باتیں کر رہی تھی جیسے اپنے زمانے سے بچھڑے ہوئے ساتھی کو پہچان لیا ہو جیسے برسوں سے قدم سے قدم ملا کر چل رہی ہو۔ اس کی باتوں میں کوئی تسلسل نہ تھا۔ بچوں کی طرح ایک بات ادھوری چھوڑ کر دوسری کا سرا تھام لیتی۔ اکھڑی اکھڑی بہکی بہکی سی باتیں تھیں۔ ایک رقاصہ کے منہ سے ویسی باتیں کچھ عجیب سی لگتی تھیں۔ لیکن وہ ان چند لمحوں میں رقاصہ کا لباس اتار کر ایک عام سادہ سے لباس میں تھی۔ جیسے کسی کی معصوم سی محبوبہ ہوتی ہے۔

جیسے کسی کی معصوم سی بیوی ہوتی ہے۔ اپنے گھر کی چہار دیواری میں بیٹھی ہوئی۔ کسی اپنے سے باتیں کرتی ہوئی ....

باتیں کرتے ایک دم رک گئی۔ ٹھٹک کر پوچھا۔

" میرا نام تو سب جانتے ہیں۔ تمہارا نام کیا ہے؟ "

اپنا پن ختم ہو گیا۔ اجنبیت کی چادر تن گئی۔ وہاں کوئی گھر نہ تھا۔ کوئی محبوبہ کوئی بیوی نہ تھی۔ ایک ہوٹل تھا۔ خالی سُونا اور ایک رقاصہ تھی جس کی ہر بات میں رقص کی تھرک اور کھنک تھی۔

اُس نے اپنے پیاسے ہونٹوں پر زبان پھیری۔

"میرا نام کشور ہے؟"

تارا نے اجنبیت کی چادر ہٹانے کی کوشش کی۔

"میں تمہیں ہر روز یہاں دیکھتی ہوں۔ دیر تک بیٹھے رہتے ہو۔ کیا اکیلے ہو؟"

اس نے اثبات میں گردن ہلائی۔

"ہاں"

"کوئی ایسا ساتھی بھی نہیں۔ جو ذہنی ساتھ دے سکے۔ جیسے اس ہوٹل کی راتوں میں ...."

اس نے بات کاٹ دی۔

"میں ایسے ساتھ کا قائل نہیں۔"

تارا کے ہونٹ مسکرا اُٹھے۔

پھر بھی ذہنی ساتھ کی تلاش میں کھوئے کھوئے سے رہتے ہو۔ اس ماحول میں بیٹھے رہتے ہو۔"

وہ خاموش رہا۔

تارا اس پر جھک گئی۔

"ایسا لگتا ہے۔ میں نے پہلے بھی تمہیں کئی بار دیکھا ہے۔ ہر شہر میں دیکھا ہے۔ دوسرے لوگوں کی طرح تم اجنبی نہیں دکھائی دیتے۔"

کشور نے تارا کی آنکھوں میں اپنے ماضی کو جھانکتے ہوئے کہا۔

" میں اتنا جانتا ہوں کہ تم میرے لئے اجنبی نہیں ہو۔ میں نے تمہیں کئی بار

دیکھا ہے۔"

تارا کھلکھلا کر ہنس پڑی۔

" سپنوں میں دیکھا ہوگا۔"

" میں سپنے دیکھنے کا عادی نہیں۔ سچ کہہ رہا ہوں۔"

تارا نے اس کی آنکھوں میں جھانکا۔

" کب دیکھا۔ کہاں دیکھا۔"

کشور بہت پیچھے لوٹ گیا۔ عمر کی کتاب کے بہت سے ورق آنکھوں کے سامنے بکھر گئے۔

" جب تم دس بارہ برس کی تھیں اور ایک کریہہ صورت ادھیڑ عمر مرد کا ہاتھ تھامے شہر کے بڑے بازار میں گھوما کرتی تھیں۔"

تارا کو جیسے اپنا لڑکپن یاد آگیا

" ہاں ـــ وہ میرا چچا تھا۔ اس نے باپ کی طرح مجھے پالا پوسا۔ آج میں بیٹیا بن کر اس کی خدمت کر رہی ہوں۔"

کشور نے اپنی بات جاری رکھی۔

" تمہیں دیکھنے کے لئے ہر روز ایک اندھیرے نکڑ پر کھڑا رہتا تھا۔ تمہارا انتظار کیا کرتا تھا۔"

تارا نے جیسے اس کا دل ٹٹولنے کی کوشش کی۔

" تم مجھ سے پیار کرتے تھے؟"

کشور نے زور زور سے گردن ہلائی۔

" مجھے معلوم ہی نہ تھا۔ پیار کیا ہوتا ہے تمہیں دیکھ کر صرف اتنا محسوس کرتا کہ میں اجنبی فضاؤں میں نہیں ہوں۔ میں اپنے ساتھیوں سے بچھڑا ہوا نہیں ہوں۔ آج بھی میرے بچپن کی پگڈنڈیاں میرے قدموں کے ساتھ دوڑ رہی ہیں۔"

تارا بھی جیسے اپنے ماضی کے دھندلکوں میں گم ہوگئی۔

" ایک دھندلا سا چہرہ میری آنکھوں کے سامنے ابھر رہا ہے۔"

کشور نے اسی رو میں اپنی بات جاری رکھی۔

" تم مجھے دیکھ کر ٹھٹھک جاتیں۔ تمہارے ہونٹوں پر ایک شرمیلی انجانی سی مسکراہٹ دوڑ جاتی۔ جیسے میں تمہارے بچپن کی کوئی یاد تھا جس کا چہرہ تم نے راہ چلتے اچانک پہچان لیا ہو"

"تارا بت بنی اس پر جھکی رہی۔

کشور نے اپنی آنکھیں موند لیں۔

اور پھر ایک دن میں نے تمہیں اس عمر میں بھی دیکھا۔ جب تم ایک حسین سی جوانی کو اپنائے ہوئے تھیں۔ جس کے نازک بوجھ تلے دبی دبی سی لگتی تھیں اور ایک نوجوان خوش شکل لڑکے پر جھکی جھکی سی اپنے پرانے راستوں کو ننھے قدموں سے ناپنے کی کوشش کیا کرتی تھیں۔"

تارا کا چہرہ کھل اٹھا۔

" وہ روشن تھا۔ اب بھی میرے ساتھ ہے۔ وہ گیت لکھتا ہے۔ میں اس کے گیت گاتی ہوں۔ میں نے یہ دنیا اسی کی خوشیوں کے لئے اپنائی۔ مجھے اپنی اس زندگی سے نفرت ہے۔ لیکن مجھے روشن کے سپنوں سے پیار ہے۔ نہ جانے اس کے سپنے

کب پورے ہوں گے "

کشور اپنے پرانے راستوں میں کھوئے ہوئے بولا۔

" کبھی کبھار اندھیرے اُجالے میں نظروں سے نظریں ٹکرا جاتی تھیں۔ تم گھور گھور کر دیکھنے لگتیں۔ جیسے بیتی عمر کے لمحے آنکھوں کے سامنے تھرتھرا اُٹھے ہوں۔"

تارا نے سوچنے کے انداز میں کہا

" مجھے یاد ہے "

" لیکن میں بھول گیا، اپنی دنیا میں کھو گیا "

تارا ہٹ پٹ اُسے دیکھتی رہی۔

کشور نے اپنی بات جاری رکھی۔

" پہلے مجھے ہر قدم پر خوبصورتی ملتی تھی۔ زندگی ملتی تھی۔ پھر مجھے بدصورتی سے دوچار ہونا پڑا۔ موت سے دوچار ہونا پڑا۔ جو کچھ پیچھے تھا۔ وہیں رہا۔ جو کچھ ساتھ لا سکے۔ وہ نئے حالات میں ختم ہو گیا۔ پہلے ماں چلی گئی۔ پھر باپ چلا گیا دونوں نئے حالات کا مقابلہ نہ کر سکے۔ پیچھے میرے لئے جوان بہنوں کا بوجھ چھوڑ گئے۔ اپنی ادھوری تعلیم اور اپنے آپ کو بھول کر بہنوں کی زندگیاں سنوارنے میں لگ گیا۔ فارغ ہو کر اپنی عمر پر نظر دوڑائی۔ بوڑھی سی لگی۔ اپنی بھولی بسری تمناؤں کو ٹٹولا۔ ان کی یادوں کے چہروں کو ڈھونڈا۔ کہیں دکھائی نہ دیئے اور آج میرے پاس سوائے بجھے ہوئے دل کے کچھ بھی نہیں۔ "

تارا نے گمبھیر سُر میں پوچھا

" کسی نے تمہارے بجھے ہوئے دل میں پیار کی جوت نہیں جلائی ۔"

کشور نے نفی میں گردن ہلاتے ہوئے جواب دیا۔

" بس کسی دوسری ہی دنیا کا انسان بن گیا۔ مجھے اپنی تنہائیوں سے ہی پیار ہوگیا۔ میرے قدموں کے سامنے ایک ہی راستہ تھا۔ گھر سے دفتر تک کا راستہ۔ اسی کو ناپتے آج تک کی عمر بیت گئی ۔ اس اتنی بڑی دنیا میں صرف ایک انسان میرا انتظار کرتا ہے۔ وہ ہے میرا پرانا ملازم۔ جسے نہ فسادات ختم کر سکے۔ نہ میرے ماں باپ اپنے ساتھ لے گئے اور نہ ہی میری بہنیں اُسے کوئی ٹھکانہ دے سکیں۔ اسے موت سے بے حد پیار ہے۔ پھر بھی جئے جا رہا ہو۔ شاید موت اپنانے کا یہ بھی کوئی انداز ہوگا ۔"

کشور جذباتی ہوگیا ۔اس کی آواز نے ساتھ چھوڑ دیا ۔

تارا نے دبی زبان میں پوچھا ۔

" اپنا پرانا راستہ چھوڑ کر تم نے یہ نیا راستہ کیسے اپنا لیا ؟ "

کشور نے بمشکل آواز نکالی ۔

ایک بار کسی دوست نے تمہارے رقص اور آواز کی تعریف کی ۔ نہ چاہتے ہوئے بھی غیر شعوری طور پر یہاں تک پہنچ گیا ۔ تمہیں دیکھا۔ پہچان لیا۔ حالانکہ آنکھوں کے سامنے وقت اور عمر کی دھند چھائی ہوئی تھی ۔ حالانکہ نئے ماحول میں تمہیں پہچاننا بھی مشکل تھا۔ یہ ماحول مجھے پسند نہیں ۔ پھر بھی روز آجاتا ہوں ایک خواہش تھی ۔ آج پوری ہوگئی ۔ اب نہیں آؤں گا ۔"

تارا نے اس کی آنکھوں میں جھانکا ۔

" کون سی خواہش تھی ۔ جو آج پوری ہوگئی ! "

" تمہیں اس لباس میں دیکھنا چاہتا تھا ۔ تم سے باتیں کرنا چاہتا تھا ۔ گزری ہوئی عمر کی باتیں ۔ آج وہ خواہش پوری ہوگئی "

تارا کے چہرے پر ایک معصوم سی مسکراہٹ دوڑ گئی ۔

" تمہیں میرا رقص پسند نہیں ۔ "

اس نے نفی میں گردن ہلائی ۔

" میں نے تمہارا رقص کبھی نہیں دیکھا ۔ جب بھی دیکھا ۔ صرف ایک خاموش ساکن بت کو دیکھا ۔ "

تارا نے اسی رو میں پوچھا

" تمہیں میرے گیت بھی پسند نہیں ۔ "

" اس ماحول میں مجھے وہ بھی سنائی نہیں دیئے ۔ "

تارا نے اس کا ہاتھ اپنے ہاتھ میں لیتے ہوئے کہا

" تم میرے رقص اور گیتوں کے گاہک نہیں ۔ لیکن ...... "

کشور نے اپنا ہاتھ کھینچ لیا ۔

" آج گیارہ بجے کے بعد ہوٹل ریزرو ہے ؟ "

تارا جیسے ہوٹل کی چہار دیواری میں لوٹ آئی ۔

" ہاں ۔ "

" آج رقص نہیں ہوگا ؟ "

" رقص بھی آج ریزرو ہے "

" کس کے لیئے؟"

" ایک برات کے لیئے۔"

" یہ کون سی نئی بات ہے۔ برات تو یہاں روز آتی ہے۔"

تارا نے بچوں کی طرح معصوم ہنسی ہنس کر کہا۔

" اور شادیاں بھی روز ہوتی ہیں"

" میں سمجھا نہیں؟"

" ابھی نئے نئے آئے ہو۔ ایک دن سمجھ جاؤ گے"

" تمہارا مطلب ہے.....؟"

" مطلب کچھ بھی ہو۔ لیکن جب تک میں یہاں ہوں۔ تم اپنے قدموں کو روک نہیں سکو گے۔"

کشور نے پوچھا۔

" اور وہ تمہارا روشن؟"

تارا نے اپنی بات جاری رکھی۔

اور تمہاری موجودگی میں مجھے یہ احساس رہے گا کہ میں صرف غیروں کے لیئے ہی نہیں ناچتی گاتی۔ کوئی اپنا بھی ہوتا ہے اور وہی سب کچھ ہوتا ہے۔"

کشور کا دل زور زور سے دھڑکنے لگا۔ اس نے دوبارہ پوچھا۔

" اور وہ تمہارا روشن۔ اس کی موجودگی میں تمہیں احساس نہیں ہوتا کہ تم اپنوں کے لیئے ناچ گا رہی ہو۔"

تارا نے بچوں کی طرح منہ بنا کر کہا۔

،، پہلے وہ میرے ساتھ آیا کرتا تھا۔ اب نہیں آتا۔،،
،، کیوں؟،،
،، اب اُس نے مجھے ماسٹر جی کے حوالے کر رکھا ہے۔ اُنہی کے ساتھ آتی جاتی ہوں۔،،
،، لیکن تمہارا گیت کار کیوں ساتھ نہیں آتا؟،،
،، مجھے معلوم نہیں۔،،
،، میں اُس سے ملنا چاہتا ہوں۔،،
،، کبھی لے چلوں گی اپنے ساتھ۔،،
،، وہ ہوٹل میں نہیں آسکتا؟،،
،، پوچھ لوں گی،،

برات آنے کا وقت ہو گیا تھا۔ تارا مینیجر کے کمرے میں چلی گئی۔ ایک ملاقات ختم ہو گئی۔ ایک انتظار شروع ہو گیا۔

تارا نے ٹھیک ہی کہا تھا کہ جب تک میں یہاں ہوں ۔ تم اپنے قدموں کو روک نہ سکو گے ۔ شام ڈھلتے ہی کشور ہوٹل کی چہار دیواری میں آ کر بیٹھ جاتا اور اور تارا کے آنے کا انتظار کرتا ۔ ہوٹل بہت بڑا تھا ۔ امیر لوگوں کے لئے تھا ۔ ویسے بھی چھوٹے موٹے لوگ وہاں کے اخراجات پورے نہ کر سکتے تھے ۔ کشور بھی چھوٹے موٹے لوگوں میں سے ہی تھا ۔ وہ کبھی کبھار تو ہوٹل کی مہکتی رنگین فضاؤں میں ڈوب سکتا تھا ۔ لیکن ہر روز نہیں ۔

ایک دن اس نے تارا سے کہا ۔

" میں ہر روز یہاں چلا آتا ہوں ۔ حالانکہ میری آمدنی مجھے اس بات کی اجازت نہیں دیتی ۔ "

تارا نے مسکرا کر جواب دیا ۔

" میں نے اس کا انتظام کر لیا ہے ۔ مجھے معلوم تھا تم ایک دن ایسا مجھ سے کہو گے ۔ "

اس نے پوچھا

"تم نے کیا انتظام کر لیا۔"

"میں نے منیجر سے بات کی ہے۔ تم میرے رقص کے دوران ہوٹل میں بیٹھ سکتے ہو۔ تمہیں کوئی کچھ نہیں کہے گا۔"

"میں ہوٹل میں کیسے بیٹھ سکتا ہوں۔ جب کہ....."

تارا نے بات کاٹ دی۔

"جیسے روشن بیٹھا کرتا تھا۔ جیسے ماسٹر جی بیٹھا کرتے ہیں۔"

"وہ تو تمہارے....."

تارا نے بات کاٹ دی۔

"تم بھی میرے رقص کے حصے دار ہو۔ جیسے روشن اور ماسٹر جی میرے رقص کے حصے دار ہیں۔ میں نے منیجر سے کہہ دیا ہے کہ تم میرے اپنے آدمی ہو۔"

کشور خاموش رہا۔ اس کی آنکھوں کے سامنے ایک ایک کر کے وہ ملاقاتیں اُبھریں۔ جن میں کبھی آنکھوں سے باتیں ہوئی تھیں۔ کبھی مسکراہٹوں سے اور کبھی کبھار رقص اور سنگیت کی بھاشا میں۔ کشور کیا چاہتا تھا۔ اُس جیسے تھکے ہارے انسان کا تارا جیسی لڑکی کی زندگی سے کیا لگاؤ تھا۔ اُسے خود بھی معلوم نہ تھا۔ تارا اس میں کیوں دلچسپی لے رہی تھی۔ شاید وہ بھی نہ جانتی تھی۔ لیکن کہیں کسی غم کسی احساس کسی سانحہ کا کوئی نازک ملائم دھاگا ضرور تھا۔ جو دو دلوں کے بیچ کسی پرانے جنم کے رشتے کو غیر محسوس طور پر استوار کر رہا تھا۔

ایک دن کشور نے کہا

"میں تمہارا گھر دیکھنا چاہتا ہوں۔"

"میں بھی چاہتی ہوں۔ تمہیں اپنے گھر لے چلوں۔ میں نے اپنے چھوٹے سے گھر میں ساری دنیا کی خوب صورتیاں سمیٹ رکھی ہیں۔

لیکن وہاں روشن ہوتا ہے۔ وہ تمہیں میرے ساتھ دیکھ کر خوش نہیں ہوگا۔"

کشور نے حیران ہو کر پوچھا۔

"کیوں"

تارا نے اُسی رو میں جواب دیا

وہ مجھ سے بہت پیار کرتا ہے۔ وہ نہیں چاہتا۔ میں کسی سے بات کروں کسی کے ساتھ گھوموں پھروں۔ کسی کو دیکھ کر مسکراؤں۔"

کشور اپنی ہنسی نہ روک سکا۔

تم اس ہوٹل میں ناچتی گاتی ہو۔ ہر اشارے پر مسکراتی ہو۔ وہ یہ کیسے برداشت کر لیتا ہے۔"

تارا نے اُس لہجے میں بات کی۔

"شاید اُسے یہ بھی پسند نہیں۔ اسی لئے میرے ساتھ ہوٹل میں نہیں آتا۔"

"لیکن اُسے یہ پسند ہے کہ تم ہوٹل میں ناچو گاؤ۔"

"ہاں"

"وہ کیوں۔ اس لئے کہ تمہیں ناچنے گانے کا شوق ہے۔ اور وہ چاہتا

ہے کہ تمہارا شوق پورا ہو۔ ناچ گانے کا شوق اس سے اچھی اور صاف ستھری جگہ میں بھی پورا ہو سکتا ہے۔"

تارا نے دھیمے سُر میں رک رک کر بات کی۔

"پہلے میں بھی ایسا ہی چاہتی تھی۔ روشن بھی ایسا ہی چاہتا تھا۔ لیکن ایک دن وہ مجھے اپنے ساتھ ہوٹل میں لے آیا۔ مجھے اپنے ہاتھوں سے رقص کا لباس پہنایا اور مجھے ناچنے کو کہا۔ میں خاموش رہی، دیکھتی رہی۔"

تارا جذباتی ہو گئی۔

کشور نے کہا

"اب تو روشن سے ضرور ملوں گا۔ تم کسی دن اُسے ہوٹل میں لے آؤ۔ دن کو تو تمہارا رقص نہیں ہوتا۔ میں اُسے دور سے دیکھنا چاہتا ہوں۔"

تارا نے پوچھا

"لیکن کس لئے؟"

کشور نے اسی رو میں جواب دیا۔

صرف یہ جاننے کے لئے کہ وہ کتنا مجھ جیسا ہے۔ کتنا مجھ سے مختلف ہے۔"

تارا خاموش رہی۔

عجیب سی محبت تھی۔ کشور جتنا سمجھنے کی کوشش کرتا۔ اتنا ہی الجھتا جاتا۔ کیا روشن اپنا پیار چند سکوں کے لئے بیچ رہا تھا۔ تارا کی محبت کا ناجائز فائدہ اٹھا رہا تھا اور پھر روشن ایک گیت کار تھا۔ ظاہر ہے دل کا انسان ہوگا اور

دل کا انسان جذباتی ہوتا ہے وہ سب کچھ برداشت کر سکتا ہے۔ لیکن اپنی محبت اپنی محبوبہ کو ہوٹلوں کی رقاصہ نہیں بنا سکتا۔

اور پھر تارا بھی ہوٹل کی رقاصہ بننا نہیں چاہتی تھی۔ اُسے بچپن سے ناچ گانے کا شوق تھا، باپ مر گیا۔ چچا نے شوق پورا کرایا۔ اسے ناچ اور گانے کی تعلیم دلوائی۔ جب وہ بھی حالات کے ہاتھوں تنگ آگیا۔ روشن کہیں سے اس کی زندگی میں آگیا۔ آواز کو گیت مل گئے۔ گیتوں کو سنگیت مل گیا۔ اور پھر ایک دن تارا اسکو بھول گئی۔ اس کے سارے شوق ختم ہو گئے۔ اس نے روشن سے کہا۔

" چچا کے پاس جو کچھ تھا وہ ختم ہو گیا۔ تمہارے پاس جو کچھ تھا۔ وہ بھی ختم ہو گیا کچھ ناچ گانے کی تعلیم پر اور کچھ زندگی کے دن نکالنے پر۔ اب میں چاہتی ہوں۔ اب صرف میری ایک ہی حسرت ہے کہ تمہیں ہمیشہ کے لئے اپنا لوں۔"

روشن نے جواب دیا۔

" لیکن میرے دل میں ابھی بہت سی حسرتیں ہیں۔"

" انہیں پورا کرنے کے لئے میں اپنی جان تک دے دوں گی۔"

اور روشن نے اپنے فن کی بات بتائی

" میں چاہتا ہوں۔ شادی کرنے سے پہلے ہمارا ایک خوبصورت گھر ہو۔ ایک چھوٹا موٹا کاروبار ہو۔ ہمیں در در کی بھیک نہ مانگنی پڑے۔"

تارا نے پوچھا۔

" اُس کے لئے تو بہت سے روپوں کی ضرورت ہے۔ وہ کہاں سے آئیں گے۔"

" میں جانتا ہوں ۔ انہی روپوں کی مجھے ضرورت ہے۔ میں سوچ رہا ہوں"

تارا نے کہا

" تمہارے گیت نہیں بک سکتے ۔ "

میرے گیت نہیں بک سکتے۔ لیکن تمہارا رقص بک سکتا ہے"

تارا نے حیران ہو کر پوچھا

" کیسے ؟ اور پھر یہ ناچ گانا میں نے اپنا شوق پورا کرنے کے لئے سیکھا ہے، بازار میں بیچنے کے لئے نہیں ۔ "

" لیکن جینے کے لئے بہت کچھ کرنا پڑتا ہے ۔ اپنا فن بھی بیچنا پڑتا ہے اور اپنے فن کار کو بھی ۔ "

تارا خاموش رہی ۔ روشن کو دیکھتی رہی ۔ آج تک خاموش تھی ۔ آج تک دیکھ رہی تھی ۔ ایک برس سے ہوٹل میں ناچ رہی تھی ۔ نیم عریاں لباس پہن رہی تھی ۔ شرابی آنکھوں کی بھیگی ہوئی نظروں کو اپنی مسکراہٹوں سے اپنے قابو میں لا رہی تھی لیکن ابھی تک خوبصورت ساگھر تعمیر نہ ہوا تھا ۔ چھوٹا موٹا کاروبار شروع نہ ہوا تھا۔ جو شادی کے لئے ضروری تھا ۔

کشور جتنا تارا اور روشن کے بارے میں سوچتا ۔ اتنا ہی زیادہ پریشان ہو جاتا ۔ روشن تارا سے بھی عجیب انسان تھا ۔ وہ تارا سے پیار کرتا تھا ۔ تارا کے رقص سے پیار کرتا تھا ۔ اپنے گیتوں سے جنون کی حد تک پیار تھا ۔ تینوں چیزیں ہوٹل کی چہار دیواری میں نیلام ہوتیں اور وہ غائب رہتا ۔ کشور ایک سیدھا سادا انسان تھا ۔ الجھی ہوئی راہوں سے کتراتا تھا ۔ تارا اور روشن دونوں عجیب

سے انسان تھے ۔ ان کی محبت بھی بڑی عجیب سی تھی ۔ ویسے تماشے اُسے پسند بھی نہ تھے ۔ وہ انجانے میں تماشہ دیکھنے کھڑا ہو گیا تھا۔ اور اب ایک ایسا تماشائی بن گیا تھا۔ جو ہر حالت میں اس کا اختتام دیکھنے کا خواہاں تھا۔ لیکن ابھی تو ایک ہی کردار اپنا پارٹ ادا کر رہا تھا۔ دوسرے کردار آنکھوں سے اوجھل تھے۔ کشور کا اشتیاق بڑھ رہا تھا۔ ہوٹل کا آخری جگمگاتا لمحہ بھی اسی چہار دیواری میں گزارتا۔ کبھی تو روشن آجائے گا۔ بہکا ہوا سا۔ اُسے پیار کی تقدیس کا احساس ہو جائے گا اور اس کا گیت کار چیخ چیخ کر کہے گا ۔۔ کہ اب میرا پیار رقص نہیں کرے گا۔ اب اس نشہ آور چہار دیواری میں میرے گیت نہیں بکیں گے۔ مجھے ایسے گھر کی ضرورت نہیں ۔ مجھے ایسی دولت کی ضرورت نہیں۔ جو اپنے پیار کا جسم بیچ کر حاصل کی جائے! ؟ ـــــ لیکن وہ لمحہ نہیں جاگا۔ وہ شاید روشن کے مقدس احساس کے ساتھ ہی مر گیا تھا۔

ایک دن ہوٹل خالی تھا۔ ظاہر تھا کسی برات کے لئے ریزرو تھا۔ وہ اپنی مخصوص نشست پر بیٹھ گیا لیکن ابھی تک تارا نہیں آئی تھی۔ حالانکہ آج باتیں کرنے کا دن تھا۔ ہمیشہ گیارہ بجے برات آئی تھی۔ گیارہ بجے تک کئی کہانیاں سُنا ڈالی جاتیں۔ براتوں کی کہانیاں۔ دُولہا دلہن کی کہانیاں۔ تارا کو دلہن بننے کا بڑا شوق تھا۔ جب وہ چھوٹی سی تھی۔ ماں اسے اپنے ہاتھوں سے سجا سنوار کر دلہن بناتی۔ اُسے پیار بھری نظروں سے دیکھ کر رونے لگتی۔ تارا پوچھتی۔

"ماں تم ہنستے ہنستے رونے کیوں لگ پڑتی ہو"

ماں جواب دیتی۔

"ایک دن میں نے انہی ہاتھوں سے تمہیں دلہن بنانا ہے اور روتی ہوئی آنکھوں سے تمہیں کسی کو سونپ دینا ہے"

ماں کی باتیں آج بھی تارا کو یاد تھیں۔ اس کی آنکھوں کے آنسو آج بھی دیکھ سکتی تھی۔ بچوں کی طرح رونے لگتی۔ بھول جاتی کہ وہ ایک ایسے ہوٹل

کی چہار دیواری میں بیٹھی ہے۔ جہاں ہر رات اس کی مسکراہٹ بکتی ہے۔

کشور تارا کی باتوں کو اپنے ذہن میں لانے کی کوشش کر رہا تھا۔ ایک خوش شکل خوش پوش لڑکا ہوٹل میں داخل ہوا۔ کشور نے اُسے پہچان لیا۔ تارا کا روشن تھا پہلے کسی عمر میں دور سے اندھیروں میں دیکھا تھا۔ آج قریب سے جگمگاتی روشنی میں دیکھنے کا موقع ملا۔ وہ سیدھا منیجر کے کمرے میں چلا گیا۔ تھوڑی دیر بعد بہت سے نوٹ اپنی جیب میں سنبھالتا ہوا باہر نکلا۔ ایک کونے میں جا کر بیٹھ گیا۔

کشور کی ایک دیرینہ خواہش پوری ہوئی۔ روشن خوش شکل اور خوش پوش ہی نہ تھا معصوم صورت بھی تھا۔ اس کے بارے میں جتنے شکوک کشور کے من میں پیدا ہوئے تھے اُسے دیکھتے ہی دور ہو گئے۔

جب بیرے نے آ کر روشن کے سامنے پینے کا سامان رکھ دیا اور اس نے ایک دو گلاس حلق سے نیچے اتار لیے تو کشور اپنی کرسی سے اُٹھ کر اس کے پاس گیا۔ وہ اُسے دیکھ کر ٹھٹکا نہیں۔ صرف مسکرا دیا۔

کشور نے بلا تکلف اس کے پاس بیٹھتے ہوئے کہا

"آپ روشن ہیں۔"

اُس نے اثبات میں گردن ہلائی۔

"جی ہاں۔"

کشور نے اپنا تعارف کرایا۔

"میرا نام کشور ہے۔"

اُس نے اپنے زمین پر زور دیا۔

" نام تو میں نے سنا ہے۔"

" تارا سے سنا ہو گا"

" اُس نے کشور کے لئے گلاس بناتے ہوئے کہا

" ہاں ۔ وہ آپ سے بہت متاثر ہے ۔"

کشور اس کے چہرے پر نظریں جمائے چھوٹے چھوٹے گھونٹ بھرتا رہا۔ وہ آہستہ پینے کا عادی تھا۔ لیکن روشن تیز تھا۔ اس نے ایک بھرا ہوا گلاس اور خالی کر دیا۔ اور اپنی بات پوری کی۔

" اور جن لوگوں کی باتوں سے لڑکیاں متاثر ہوتی ہیں۔ انہیں وہ پسند کرنے لگتی ہیں اور وہی پسند ایک دن محبت میں بدل جاتی ہے۔"

کشور نے زبان کھولی۔

تارا میری باتوں سے اگر متاثر ہوئی بھی تو اس حد تک نہیں۔ جس حد تک وہ آپ کے گیتوں سے متاثر ہے۔ وہ تو آپ کے نام کی مالا جپتی ہے۔ اور پھر لڑکیاں محبت تو صرف ایک بار کرتی ہیں۔ ان کی پسند میں بھی درحقیقت اپنی پہلی اور آخری محبت کے نقوش ہوتے ہیں۔"

روشن نے ایک اور گلاس خالی کر دیا۔ ایک اور گلاس اُسے بھی خالی کرنے پر مجبور کیا۔

قدرے توقف کے بعد بولا۔

" پینے سے پینے والے کی نفسیاتی خلش کا پتہ چلتا ہے۔ آپ دھیرے دھیرے ٹھہر ٹھہر کر پینے کے عادی ہیں۔ ظاہر ہے۔ آپ کی زندگی بھی ٹھہری ہوئی ہے۔

کشور خاموش رہا

روشن نے ایک گلاس اور خالی کر دیا۔ اب اُس کے خوب صورت گھنگھریالے بال بکھر گئے تھے۔ چہرے پر شراب کی سرخی پھیل گئی تھی۔ جس سے وہ اور بھی خوب صورت دکھائی دینے لگا تھا۔

اس نے بدلے ہوئے لہجے میں کہا۔

" آپ کی زندگی میں تارا کے علاوہ بھی کوئی لڑکی آئی "

کشور نے نفی میں گردن ہلاتے ہوئے کہا۔

" میں نے سفر کے ہر موڑ پر اپنی زندگی کا ہی بت دیکھا۔"

" اپنی ذات سے اتنا پیار ہے۔ "

کشور نے اسی رو میں جواب دیا۔

" اب تک کی عمر تو اپنی ذات سے ہی پیار کرتے گزر گئی۔ اگر اپنے آپ سے پیار نہ ہوتا۔ زندگی کو کبھی کا تنہا چھوڑ دیا ہوتا۔"

اس نے بات چیت کا رُخ بدلا

" آپ تارا میں اتنی دلچسپی کیوں لیتے ہیں۔"

" صرف اس لئے کہ میں نے اُسے اپنی عمر کے ایک خاص موڑ پر کھڑے دیکھا۔ ہر بار۔ کئی بار۔ اِس ہوٹل کی چہار دیواری بھی میری ایک خاص عمر کا ایک موڑ ثابت ہوا۔ میں نے تارا کو دیکھا۔ اُسے پہچان لیا۔ باتیں کیں۔ اس کی زندگی میں ایک دوسری زندگی کو پایا۔ میں نے سوچا۔ اس دوسری زندگی کو بھی پہچان لیا جائے۔ مجھے آپ سے ملنے کا اشتیاق تھا۔ آپ کے منہ سے آپ کے گیت سننے کی تمنا تھی۔ آج وہ تمنا

پوری ہو گئی ۔"

" وہ کیسے ۔ آپ نے تو میرے منہ سے اس وقت تک کوئی میرا گیت نہیں سُنا ۔"

" آپ کا ہر جملہ ایک گیت ہے ۔ دل سے نکلتا ہے ۔ گیت کی مہک لیے ہوتا ہے ۔"

روشن نے مسکرانے کی کوشش کی ۔

" آپ واقعی دلچسپ آدمی ہیں ۔"

اُسے بہکے ہوئے انداز میں دیکھ کر کشور نے پوچھا ۔

" آپ نے ہوٹل میں آنا جانا کیوں چھوڑ رکھا ہے ۔"

روشن نے فوراً جواب دیا

" اس لئے کہ ہوٹل کا ماحول مجھے پسند نہیں ۔"

" کیوں ؟"

" میرا خیال تھا ۔ یہ لوگ آرٹ کے شیدائی ہیں ۔ رقص اور گیتوں کے دلدادہ ہیں ۔ لیکن مجھے محسوس ہوا جیسے میری سوچوں نے مجھے دھوکا دیا ہے ۔ یہاں کوئی آرٹ کا شیدائی نہ تھا ۔ یہاں کوئی دل کوئی دماغ ۔ کوئی جذبہ نہ تھا ۔ صرف شرابی آنکھیں تھیں ۔ جن کے لئے ہر گیت ایک جسم تھا ۔ ہر رقص ایک جسم تھا عورت کا نیم عریاں جسم ۔ جسے صرف دیکھا جاتا ہے محسوس نہیں کیا جاتا ۔ اور میں ...."

کشور نے بات کاٹ دی

آپ نے اپنے گیتوں کو اوِدتار کے رقص کو عورت کا ایک نیم عریاں جسم کیوں بننے دیا۔ جینے کے دوسرے راستے بھی تو ہیں۔"

اُس نے لہجہ بدل لیا۔ اس کی زبان تلخ ہوگئی۔

میں نے دوسرے راستے اپنائے۔ لیکن زندگی نہیں ملی۔ اس کی بھوکی ننگی پرچھائیں ملی۔ لیکن کم سے کم میں ایک بھوکی ننگی پرچھائیں کو اپنانے کے لئے تیار نہ تھا۔ میں ایک بھری پُری رَسی بسی زندگی کا تمنائی تھا۔ اور اُس کے لئے کم وقت میں زیادہ سے زیادہ دولت کی ضرورت تھی۔ میں نے زندگی کا چور دروازہ اپنایا۔"

کشور نے پوچھا۔

"آپ کی ضرورت پوری ہوگئی"

اُس نے بوتل خالی کردی۔ اُس کی آنکھیں اور زیادہ خوب صورت ہوگئیں۔ رُک رُک کر اپنی بات پوری کی۔

"میں نے اپنی بدصورت زندگی سے پوچھا تھا"

"کیا جواب ملا؟"

اس کے ہونٹوں پر ایک ہلکی سی مسکراہٹ دوڑ گئی۔

"پرانی زندگی کی تلاش کرو جس نے گیت دیئے"

کشور نے بھی اُسی لہجے میں پوچھا

"اور نئی زندگی کو بھول جاؤ۔ جس نے گیت لئے۔ انہیں اپنی سانسوں کا سنگیت دیا۔"

اُس نے پھٹی پھٹی سی آنکھوں سے کشور کو دیکھا۔ کسی گہری سوچ میں ڈوب

گیا۔ جیسے کچھ یاد آگیا تھا۔ دوبارہ بھول گیا ہو۔ لڑکھڑاتے ہوئے قدموں سے اٹھا اور باہر نکل گیا۔ کشور نے بھی اپنے آپ کو سنبھالا اور اس کے پیچھے ہو لیا لیکن راستے مختلف تھے۔ آج برات نے آنا تھا۔ آج ہوٹل ریزرو تھا۔ آج باتیں کرنے کی رات تھی۔ لیکن کشور ہوٹل میں نہ بیٹھ سکا۔ آج تماشائی نے تماشے کے دوسرے کردار کو دیکھ لیا تھا۔ اس کی باتیں سن لی تھیں جن میں کوئی تسلسل نہ تھا کوئی گہرائی نہ تھی۔ لیکن ایک خوبصورت اور جہاندیدہ انسان کے منہ سے نکلی ہوئی تھیں سمندر کی سی گہرائی رکھتی تھیں۔ لیکن سمندر کی گہرائی کس نے ناپی۔ تارا سمندر تھی۔ روشن سمندر تھا۔ وہ خود ایک سمندر تھا یا ہوٹل کی چہار دیواری ایک سمندر کی سی گہرائی رکھتی تھی ——— کشور ساری رات سوچتا رہا۔ کسی نتیجے پر نہیں پہنچا۔

کشور دوبارہ روشن سے ملنا چاہتا تھا۔ وہ ایک ہی ملاقات میں بڑی گہرائی کی باتیں کر گیا تھا جن میں روشن کے ماضی کی پرچھائیں تھی اور مستقبل کی روپ ریکھا۔ حال کے بارے میں جیسے وہ بے نیاز تھا۔ روشن کی مختصر سی باتوں نے اس کا الجھا ہوا سا نقش کشور کے سامنے لا کھڑا کیا تھا۔ وہ اسے واضح صورت میں دیکھنا چاہتا تھا۔ لیکن روشن کبھی ہوٹل میں نہ آیا۔ وہ مہینے میں صرف ایک بار ہوٹل میں آتا تھا اور روپے سمیٹ کر چلا جاتا تھا۔ شاید اب وہ روپے لینے بھی نہیں آتا تھا۔

ایک روز تارا سے مل بیٹھنے کا موقع ملا۔ شام کا وقت تھا۔ ابھی ہوٹل خالی خالی سا تھا۔ دونوں ایک کونے میں بیٹھے باتیں کرتے رہے۔ ماضی کی باتیں تھیں۔ کئی بار سن سنا چکے تھے۔ ان میں روشن کا ذکر نہ تھا۔ ان میں دولہا دلہن کا بھی ذکر نہ تھا کشور کے لئے نئی بات تھی۔ تارا کا لہجہ بھی کچھ کچھ بدلا بدلا سا تھا۔

کشور نے کہا۔

"میں نے تمہارا روشن دیکھا ہے"

روشن کے نام پر تارا کی آنکھوں میں چمک پیدا ہوئی

"کہاں دیکھا۔"

اسی ہوٹل میں۔ میں نے اُسے پہچان لیا۔ اُس نے اپنے پاس بٹھا کر مجھ سے باتیں کیں۔ جتنا خوب صورت ہے۔ اتنا ہی ذہین بھی ہے۔"

تارا نے منہ بنا کر کہا

"مجھے اس کی ذہانت سے سخت چڑ ہے۔ جب عام سی باتوں سے فلسفے پر اُتر آتا ہے۔ مجھے بدصورت دکھائی دینے لگتا ہے۔"

کشور نے گہرائی میں اترنے کی کوشش کی۔

"مجھے کچھ کھویا کھویا سا لگا"

بہت زیادہ پینے لگا ہے۔ پی کر بہک جاتا ہے۔ میں نے کتنی بار سمجھایا۔ پہلے ہنس کر ٹال دیتا تھا۔ اب میری بات کا برا مان جاتا ہے۔"

کشور نے بات بڑھائی۔

"اُس دن بھی بہک گیا تھا۔ اُس کی باتوں سے مجھے محسوس ہوا کہ اس کے من میں کوئی بات ہے۔ اسے سکون میسر نہیں۔"

تارا جیسے اس کی پریشانی کا راز جانتی تھی۔

اُسے روپوں کی ضرورت ہے۔ یہ مجھے معلوم نہیں کتنے روپوں کی۔ ایک برس کی کمائی وہ لے چکا ہے۔ اب ایک برس کا ایڈوانس ہوٹل والوں سے مانگ رہا ہے۔ حالانکہ مجھے کہا تھا کہ ہوٹل کا کھیل صرف چھ مہینوں کے لئے ہے۔"

کشور کی آنکھوں کے سامنے روشن کا ایک نیا نقش اُبھرا۔

"روپوں کا حساب تم اپنے پاس کیوں نہیں رکھتیں۔"

تارا نے اسی رو میں جواب دیا۔

"مجھے اس پر بھروسہ ہے۔ میرا سب کچھ اُسی کا ہے۔ وہ ہر وقت میرے بارے میں یہی سوچتا رہتا ہے۔ وہ بہت سارا روپیہ اکٹھا کر کے اس گندگی سے نکلنا چاہتا ہے۔ اور پھر........"

کشور نے بات کاٹ دی۔

"لیکن میرا خیال ہے وہ گندگی میں زیادہ دھنستا چلا جا رہا ہے۔"

تارا چونکی

"وہ کیسے؟"

"کیا وہ دن رات اپنے آپ کو گھر کی چہار دیواری میں بند رکھتا ہے۔"

تارا نے نفی میں گردن ہلائی۔

"وہ صبح سویرے ہی نکل جاتا ہے اور رات کو دیر سے لوٹتا ہے"

"اس ہوٹل میں بیٹھا نہیں ہوتا۔ ظاہر ہے کسی دوسرے ہوٹل میں جاتا ہوگا۔"

"ہوٹلوں کا ماحول اسے پسند نہیں۔ ورنہ وہ یہاں آکر کیوں نہ بیٹھتا۔"

"وہ اس لئے کہ وہ ان نظروں سے بچنا چاہتا ہے۔ جو تمہارے نیم عریاں جسم سے پھسل کر اس کے چہرے پر جم جاتی ہیں۔ یہاں کے لوگ تمہیں اس کی محبوبہ نہیں سمجھتے۔ بیوی سمجھتے ہیں۔"

تارا خاموش رہی۔

کشور نے اپنی بات جاری رکھی۔

"میں تمہیں بہکانا نہیں چاہتا۔ تم روشن سے پیار کرتی ہو۔ تم اُسے ہمیشہ کے لئے اپنانا چاہتی ہو۔ اس کے لئے اپنا سب کچھ قربان کرنے کے لئے تیار ہو۔ میں جانتا ہوں۔ اسی لئے میں روشن کو قریب سے دیکھنا چاہتا تھا۔ میں نے تمہاری آنکھوں سے دیکھا۔ ایک نہایت ہی خوبصورت اور معصوم انسان پایا۔ اس کی مسکراہٹ میں ایک جادو ہے۔ اُس سے کبھی میں متاثر ہوا۔ لیکن جب میں نے اپنی آنکھوں سے اس کے دل میں جھانکا۔ مجھے اس کا دل اچھا نہیں لگا۔ اس کی گہرائی میں اترا۔ کچھ اور ہی مطلب نکلا۔"

تارا کا چہرہ سرخ ہو گیا۔

"تم یہ کہنا چاہتے ہو کہ روشن مجھ سے پیار نہیں کرتا۔ سب کچھ ڈھونگ ہے۔"

کشور نے زور زور سے گردن ہلائی۔

"پیار تم سے ضرور کرتا ہوگا۔ لیکن وہ ابھی تک یہ فیصلہ نہیں کر پایا کہ اپنے پیار کو ہمیشہ کے لئے اپنایا جائے یا نہیں۔"

تارا کھلکھلا کر ہنس پڑی۔

"تم بھی آج روشن کی طرح بہک گئے ہو۔ آج تم نے بہت زیادہ پی لی ہے اور پینے کے بعد دل کی بات زبان پر آجاتی ہے۔ تم روشن کو سمجھ نہیں سکے۔ وہ بہت اچھا انسان ہے۔ لیکن اس کے دل میں میرے سوا کوئی نہیں۔"

کشور کے سارے جسم میں ایک جھرجھری سی پیدا ہوئی۔ واقعی وہ بہک

ہی گیا تھا۔

تارا نے اپنی بات جاری رکھی۔ اب اُس کے ہونٹوں پر روشن کی مسکراہٹ آگئی تھی۔

" تمہارا قصور نہیں۔ تم مجھ سے پیار کرتے ہو۔ میں جانتی ہوں۔ کیا تم اس بات کو جھٹلا سکتے ہو۔"

کشور سنبھلا۔

" کسی حد تک یہ ٹھیک ہے لیکن اس کا مطلب یہ نہیں کہ میں......"

تارا نے بات کاٹ دی

" کسی حد تک یہ بھی ٹھیک ہے کہ تمہیں میرا رقص پسند نہیں۔"

کشور خاموش رہا

اس نے کشور کے چہرے پر نظریں جمائے اپنی بات جاری رکھی۔

" کسی حد تک یہ بھی ٹھیک ہے کہ تمہیں روشن کے گیت پسند نہیں۔"

کشور خاموش رہا

" کسی حد تک یہ بھی ٹھیک ہے کہ تمہیں اس ہوٹل کا ماحول پسند نہیں۔"

کشور خاموش رہا۔

اُس نے لہجہ بدل لیا۔

" اور کسی حد تک یہ بھی ٹھیک ہے کہ تمہیں صرف میرا یہ خوبصورت جسم پسند ہے۔"

کشور نے چیخنے کے انداز میں کہا

"یہ جھوٹ ہے "

تارا نے اس کے ہونٹوں پر ہاتھ رکھا۔

" اگر یہ جھوٹ ہے ۔ تو تم یہاں روز کیوں چلے آتے ہو اور اگر یہ سچ ہے ۔ تو پھر تم میں اور ہوٹل کے عام لوگوں میں کیا فرق ہے ۔"

کشور نے اس کا ہاتھ ہٹاتے ہوئے کہا

" میں نے تم میں کوئی اپنا دیکھا ۔ اپنا جیسا دیکھا اور..... "

تارا نے بات کاٹ دی ۔

روشن میں بھی تم نے کوئی اپنا دیکھا ۔ اپنا جیسا دیکھا اور تم جل گئے ۔"

کشور نے اپنے ہونٹ سی لئے

تارا نے سوچوں میں ڈوبے ہوئے کہا

" پہلی بار میں نے روشن کے بارے میں کسی سے باتیں سنیں ۔ تمہاری جگہ اگر کوئی دوسرا ہوتا....... "

تارا..... اپنا جملہ پورا نہ کر سکی ۔ اس کی آواز بھر آئی ۔ اس کی آنکھیں چھلک اٹھیں ۔ سر جھکائے بیٹھی رہی ۔

کشور نے بمشکل آواز نکالی

" میں بہک گیا ۔ مجھے معاف کرنا ۔"

تارا نے رُک رُک کر کہا ۔

" اپنا سمجھ کر میں نے تمہاری باتیں سن لیں ۔ بہت کچھ تمہیں کہہ دیا ۔ بھول جانا کبھی ایسی باتیں ہوئی تھیں ۔ "

کشور جذباتی ہوگیا۔

"اب میں کبھی یہاں نہیں آؤں گا۔ کبھی تم سے نہیں ملوں گا۔ میں کبھی اُس راستے کو اپناؤں گا ہی نہیں۔ جو تم تک پہنچتا ہو۔ تمہارا روشن تمہیں مبارک ہو۔ تمہاری تمنائیں پوری ہوں۔ میں دل سے یہی چاہتا ہوں۔ شاید اسی لئے میرا دل بہت کچھ کہہ گیا۔"

تارا کی روتی ہوئی آنکھیں مسکرا اُٹھیں۔

" جب تک میں یہاں ہوں۔ تم اپنے قدموں کو روک نہیں سکو گے۔

جب تک میں یہاں۔ میری آنکھیں تمہیں ڈھونڈتی رہیں گی۔"

چہار دیواری میں وائلن کے تار کھنچے۔ ہوٹل کے کمرے میں ایک ارتعاش سا پیدا ہوا۔ تارا نے اپنے آنسو پونچھے اور منیجر کے کمرے میں چلی گئی۔

کشور دیر تک سر جھکائے اپنی نشست پر بیٹھا رہا۔ سوچتا رہا۔ اگر عورت کا پیار یہی ہے۔ تو عورت عظیم ہے۔

چاہے وہ عورت محبوبہ ہو، بیوی ہو، چاہے وہ عورت رقاصہ ہو، طوائف ہو،

تارا نے دوسری بار کہا تھا کہ جب تک میں یہاں ہوں۔ تم اپنے قدموں کو روک نہیں سکو گے ! ——— لیکن اب کی بار کشور نے اپنے قدم روک لیے۔ اس نے ہوٹل میں آنا جانا بند کر دیا۔ ایک گھریلو لڑکی محبت میں گم ہو کر رقاصہ کی منزل تک پہنچ چکی تھی۔ صرف ایک گھر بسانے کی تمنا پوری کرنے کے لیئے۔ صرف اپنے محبوب کے سپنوں کو پورا کرنے کے لئے۔ جو صرف چھ مہینوں کی مہلت چاہتے تھے۔ لیکن رقاصہ بنے، ہوٹل کی نشہ آلود مکروہ فضائیں اپنائے ایک سے دو برس پورے ہونے لگے تھے۔ لیکن محبوب کے سپنے پورے ہوتے دکھائی نہیں دیتے تھے۔ محبوب محبت اور سپنوں کی بات تھی۔ کشور بھول گیا۔ اس نے اپنے پرانے راستے اپنا لیئے۔ جہاں کچھ نہ ہوتے ہوئے بھی سکون پرور ماحول ضرور تھا۔ اب وہی پرانی راہیں تھیں۔ وہی پرانا گھر تھا اور وہی پرانا بوڑھا ملازم کاکا، جس کی زندگی میں کوئی حسرت کوئی تمنا نہ تھی۔ پھر بھی جیئے جا رہا تھا۔ موت سے پیار کرتے ہوئے بھی اپنی بے مطلب زندگی سے نبھاہ کیئے جا رہا تھا۔ کشور کبھی کبھی اُسے دیکھ

کر محسوس کرنے لگتا کہ وہ بھی ایک بوڑھا کا کا ہے۔ بے مطلب زندگی سے نبھاہ کئے جا رہا ہے۔ اس کی زندگی میں صرف ایک لڑکی آئی تھی۔ اسی کے بارے میں سوچتے ایک عمر بیت گئی۔ پھر ڈگر دوبارہ ملی کسی کی بن چکی تھی۔ اسے خوشی ہوئی نہ دکھ۔ وہ جذبہ ہی مر چکا تھا۔ جو خوشی اور دکھ کو زندگی بخشتا ہے۔

ایک شام کشور اپنی سوچوں میں ڈوبا ہوا دفتر سے گھر تک کا فاصلہ طے کر رہا تھا۔ ایک ٹیکسی اس کے قریب آ کر رک گئی۔

اس نے پیچھے مڑ کر دیکھا۔ روشن تھا۔ نشے میں دھت تھا۔

لیکن اس حالت میں بھی اسے پہچان گیا تھا۔

روشن نے ٹیکسی کا دروازہ کھولا۔

"میرے ساتھ چلو۔"

کشور نے پوچھا

"کہاں؟"

اس نے کشور کو ٹیکسی کے اندر کھینچتے ہوئے کہا

"جہاں میں لے چلوں"

کشور ٹیکسی میں بیٹھ گیا۔

روشن نے بات شروع کی۔

"ایک رات نیم بے ہوشی کے عالم میں مجھے تمہاری یاد آئی۔ میں ہوٹل میں گیا۔ تمہیں ڈھونڈا۔ تم نہیں ملے"

کشور نے جواب دیا۔

" میں نے ہوٹل میں جانا چھوڑ دیا ہے "

روشن نے اُسے گھور کر دیکھا۔

" کیوں "

اس نے ٹالنے کی کوشش کی۔

" ایسے ہی "

روشن زور زور سے ہنسنے لگا

" شاید تم بھی ان نظروں کی تاب نہ لا سکے۔ جو تارا کے نیم عریاں جسم کو جھانکتی تھیں۔ "

اس نے دوبارہ ٹالنے کی کوشش کی

" ایسا ہی سمجھ لو "

روشن نے بات پھیر دی

" ایک دن تارا نے مجھ سے کہا۔ ایک لڑکا تم سے گھر میں ملنا چاہتا ہے میں نے انکار کر دیا۔ "

کشور نے گردن ہلائی

" مجھے معلوم ہے "

روشن نے اپنی بات جاری رکھی

" ایک دن اچانک ملاقات ہو گئی۔ مجھے تم پسند آئے۔ لیکن تمہاری ہائیں مجھے پسند نہ آئیں۔ جن سے میری تارا متاثر تھی۔ پہلی ملاقات میں ہی تمہارے لئے میرے دل میں نفرت پیدا ہو گئی۔ ایکدن .... "

کشور جیسے پرانی باتیں دہرانا نہیں چاہتا تھا۔ اس نے بات کاٹتے ہوئے پوچھا۔

"تم اس وقت جا کہاں رہے ہو۔ میں تمہارے گھر جانا نہیں چاہتا۔"

روشن نے اس کی بات سنی ان سنی کر دی۔

"پھر ایکدن تارا میرے سینے سے لگ کر رو دی۔ پہلی بار میں نے اس کی آنکھوں میں آنسو دیکھے۔"

کشور نے دبی زبان میں پوچھا

"پہلی بار آنسو کس بات پر آ گئے"

روشن نے اسی لہجے میں بات کہی۔

"میرے بارے میں تم نے اُسے کچھ کہا ہوگا۔ اُسے دکھ پہنچا۔ اُسے تم سے نفرت ہو گئی۔ اُسے دوبارہ تمہاری شکل دیکھنا بھی گوارا نہ تھی۔ اس کی باتیں سنکر مجھے تم سے لگاؤ ہو گیا۔ پورے دو مہینوں کی تلاش آج ختم ہوئی۔ ابھی ابھی تمہارے بارے میں سوچا۔ ابھی ابھی تم مل گئے۔ زندگی میں ایسا حادثہ دوسری بار ہوا۔"

کشور نے ٹٹولا

"پہلا حادثہ کیا لایا"

روشن نے اسی رو میں جواب دیا۔

"کسی کے دیئے ہوئے گیتوں کا بوجھ تھا۔ میرے دل پر۔ میں نے ایک سوچا۔ یہ بوجھ کسی کو سونپ دوں۔ مجھے تارا مل گئی۔ جیسے اچانک آج تم

مل گئے۔ میں نے گیت اس کے حوالے کر دیئے۔"

کشور نے اس کے دل میں اترنے کی کوشش کی۔

"گیت سنبھالنے والے کے دل پر اپنا کوئی بوجھ نہ تھا۔"

"جوانی کا بوجھ تھا۔ میں نے سنبھال لیا۔"

"اب بھی سنبھالے ہوئے ہو!"

"ہاں"

"کب تک سنبھالنے کا ارادہ ہے!"

"جب تک ......"

بہکی ہوئی زبان سنبھل گئی۔ اس نے بات پوری نہ کی۔ ٹیکسی رک گئی۔

سامنے شہر کا بہت بڑا ہوٹل تھا۔ روشن کشور کے سہارے ہوٹل میں داخل ہوا۔ کوئی بہت بڑا محل تھا۔ اب ہوٹل میں تبدیل کر دیا گیا تھا۔

کشور کو دیکھ کر بیرے مسکرائے۔ پرانی جان پہچان تھی۔

دونوں ایک کونے میں جا کر بیٹھ گئے۔

بیرے کو آرڈر دینے کے بعد روشن نے بات چھیڑی۔

"پہلے یہ کسی مہاراجہ کا محل تھا۔ ہمارے فرشتے کبھی یہاں تک نہ پہنچ سکتے تھے۔ آج ہوٹل ہے۔ چند سکے جیب میں ڈالو۔ آکر بیٹھ جاؤ۔"

کشور نے دبی زبان میں کہا

"اگر یہ عمارتیں بولتیں۔ اگر ان کی زبان ہوتی۔"

"تو ہمارے جیسے انسان بے زبان ہو جاتے"

"تم روز یہاں آتے ہو"

"ہاں۔"

"کس لئے"

"ایک یاد کو بنائے رکھنے کے لئے"

دو گلاس ٹکرائے۔ خالی ہو گئے۔

کشور نے پوچھا۔

"اتنی پیاری یاد ہے؟"

"ایک چاند سی خوب صورت لڑکی کی یاد ہے"

"جس نے تمہیں گیت دیئے۔ تمہارے دل میں ایک سنگیت کار کو جگایا"

"ہاں"

"اس ہوٹل میں نئی تھی"

"نہیں۔ تب میں غریب تھا۔ اس ہوٹل میں کیسے آسکتا تھا۔"

"پھر"

"وہ لڑکی مجھے اپنے ساتھ یہاں لایا کرتی تھی۔ ہماری محبت اسی سکون پرور ماحول میں پروان چڑھی۔ پہلے میں نے اسی ماحول میں گیت لکھے۔ اسی ماحول میں پڑھے۔"

"لڑکی جانتی تھی کہ تم ایک غریب گھرانے سے تعلق رکھتے ہو"

"وہ پہلے صورت سے دھوکا کھا کر میری زندگی میں آئی تھی۔ مجھے کسی بڑے گھرانے کا فرد سمجھ کر میرے قریب آئی تھی۔ جب اُسے

میری اصلیت معلوم ہوئی ۔ تب ہم بہت آگے بڑھ چکے تھے ۔
اس نے مجھے اپنائے رکھا لیکن..... "

ایک دور اور ختم ہوا ۔
کشور نے گلاس خالی کرتے ہوئے اس کی بات پوری کی ۔
" لیکن لڑکی کے والدین اس حالت میں اپنانے کے لئے تیار نہ ہوئے "
روشن نے اپنا گلاس خالی کیا ۔
" وہ مجھے پسند کرتے تھے ۔ لیکن اپنی لڑکی کا ہاتھ میرے ہاتھ میں دینے سے کترا گئے ۔ ایک مکان کی بات تھی ۔ ایک کار اور چھوٹے موٹے کاروبار کی بات تھی ۔ "

" پھر..؟ "
" میں نے لڑکی کو دیکھا ۔ سر جھکائے خاموش کھڑی رہی ۔ میں نے اپنے چاروں طرف دیکھا ۔ اپنی یتیم ذات کے سوا کچھ دکھائی نہ دیا ۔
اپنے گیت سمیٹے ۔ اپنی محبت کی یادیں سمیٹیں اور بڑے گھر کی کوٹھی سے باہر نکل آیا ۔ تب سے صرف ایک حسرت ہے "
کشور نے بات سنبھالی ۔
" یہی کہ ایک خوب صورت سا مکان ہو ۔ ایک کار ہو ، چھوٹا موٹا کاروبار ہو.. "
روشن نے مری ہوئی آواز میں کہا ۔
" ہاں ۔ اور وہ حسرت اب پوری ہونے والی ہے ۔ صرف چند ہفتوں

کی بات ہے ۔"

" اس کے بعد تم اپنی پرانی محبت کو وہاں لے آؤ گے؟ "

" نہیں ۔ صرف پرانی یاد کو، محبت نئی ہوگی ۔ احساس نیا ہوگا۔ گیت نیا ہوگا"

" اور رقص ؟ "

روشن نے کوئی جواب نہ دیا۔ رقص کا سنتے ہی جیسے اُسے تارا کی یاد آ گئی ہو۔ اُس نے بیرے کو بلا کر بل چکایا اور لڑکھڑاتا ہوٹل سے باہر نکل گیا۔ وہ بھول گیا تھا کہ کشور بھی اُس کے ساتھ ہے۔ وہاں سے کشور اپنے گھر نہ گیا۔ تارا کے ہوٹل میں جا پہنچا۔ وہ روشن سے بہت کچھ پوچھنا چاہتا تھا۔ آج وہ بتانے کے موڈ میں بھی تھا۔ لیکن رقص پر بات ختم ہوگئی۔ تارا کے ہوٹل میں صرف تارا کا رقص تھا۔ روشن تھا۔ اور نہ ہی اس کے گیت۔ کشور وہاں رُکا نہیں۔ اس نے تارا کے چہرے کو بھی نہیں دیکھا۔ وہاں سے سیدھا اپنے گھر چلا آیا۔ جہاں بوڑھا کاکا بتی جلائے بیٹھا ہوا تھا۔ کشور نے حسبِ معمول اس سے بھی کوئی بات نہ کی۔ لباس تبدیل کئے بغیر بستر پر دراز ہو گیا۔ بھولی ہوئی باتیں دوبارہ یاد آ گئی تھیں۔ وہ انہیں نیند کی گہرائی میں غرق کر دینا چاہتا تھا۔

روشن سے کشور کی دو ملاقاتیں ہوئی تھیں۔ لیکن اُن دو ملاقاتوں میں ہی وہ ایک دوسرے کے بہت قریب آ گئے۔ جیسے برسوں کی جان پہچان تھی۔ روشن نے کشور کے گھر کا راستہ دیکھ لیا تھا۔ شام کو ٹیکسی لے کر راستے میں کھڑا رہتا اور کشور کو اپنے ساتھ ہوٹل میں لے جاتا۔ لیکن اب بہکتا کم ہی۔

اب صرف اُسے اپنے گیت سناتا۔ جن میں ایک چوٹ خوردہ انسان کے دل کی تڑپ ہوتی۔ روشن نے غربت دیکھی تھی۔ بے سروسامانی میں اپنی تعلیم پوری کی تھی۔ بے سروسامانی کی حالت میں ایک امیر گھرانے کی لڑکی زندگی میں آئی۔ پہلی محبت تھی۔ اپنا نقش دل پر چھوڑ گئی۔ فراریت کا جذبہ اُبھر آیا۔ کچھ دیر گیتوں نے سہارا دیا۔ کچھ دیر مختلف ملازمتوں نے سنبھالا دیا۔ لیکن اُکھڑے ہوئے دل دماغ کے پاؤں تھے۔ کہیں نہ جم سکے۔ چہرے مہرے اور چال ڈھال سے شہزادہ سا لگتا تھا۔ شہزادوں کی سی زندگی بسر کرنا چاہتا تھا۔ اس کے لئے جلد سے جلد روپیہ سمیٹنا چاہتا تھا۔ لیکن کوئی راستہ نہ تھا۔ آخر ایک دن اُس نے اپنے آپ کو ختم کرنے

کی ٹھان لی ۔ اپنی خودکشی کا ایک خوب صورت سا پروگرام بنایا۔ اس کی ساری خواہشیں اور تمنائیں سمٹ کر ایک چاندنی رات بن گئیں ـــــ چاندنی رات، خوب صورت عورت اور خوب صورت شراب اور ایک بلند قہقہہ اور اس کے بعد موت کی آغوش ! !

لیکن موت کی آغوش نہیں ملی ۔ تارا کا آنچل مل گیا ۔ اس نے تارا کا آنچل تھام لیا ۔ تارا ایک بھولی بھالی یتیم لڑکی تھی ۔ اچھے دنوں نے اسے ناچ اور گانے کا شوق بخشا تھا ۔ جب ایک گیت کار ساتھی بھی مل گیا ۔ اسے اپنی تمناؤں کی تکمیل کا راستہ مل گیا ۔ اسے اپنے سپنوں کی محبت مل گئی ۔ اور آج وہی محبت اپنے سپنوں کی تکمیل کے لئے اسے ہوٹل کی چہار دیواری میں رقص کرنے پر مجبور کر رہی تھی ۔ لیکن ابھی تک اس کے سپنے پورے نہ ہوئے تھے ۔

ایک دن کشور نے روشن سے پوچھا ۔

" تم تارا کی ساری کمائی بڑے بڑے ہوٹلوں میں خرچ کرتے رہتے ہو ۔ تمہاری دنیا کیسے آباد ہوگی ۔ "

روشن نے جواب دیا

" میں نے زمین کا ایک پلاٹ خرید لیا ہے ۔ کار بک کروائی ہے ۔ جلد ہی کسی کے ساتھ چھوٹا موٹا دھندہ بھی شروع کر رہا ہوں ۔ "

" اتنا روپیہ تمہارے پاس ہے "

" کچھ ہے ۔ کچھ آجائے گا "

" تارا کب تک ہوٹل میں ناچتی رہے گی "

"رقص اس کی زندگی ہے، پیسے کی مجبوری نہ بھی ہوتی۔ وہ اپنا شوق پورا کرنے کے لئے ناچتی۔"

"جہاں تک میں سمجھ پایا ہوں۔ کم سے کم وہ ہوٹل میں ناچنا گانا پسند نہیں کرتی۔"

"چند دنوں کے بعد پسند ناپسند کا احساس بھی مٹ جائے گا۔ تم اپنا کام شروع کر لو گے۔ اُسے ناچنے کی ضرورت نہیں رہے گی"

"ہو سکتا ہے۔ تب بھی ضرورت رہے"

"تمہارا مطلب ہے۔ ساری عمر رقاصہ رہے گی؟"

"ہو سکتا ہے"

"تم کیسے برداشت کر لو گے"

"جیسے اب برداشت کر رہا ہوں"

"اب تو تم دونوں مجبور ہو"

اُس وقت بھی ہم دونوں مجبور ہوں گے"

کشور نے زور دیکر پوچھا۔

"وہ کیسے؟"

روشن نے اس کی بات کا جواب نہ دیا۔ وہ ہوٹل کے بڑے دروازے کی طرف لپکا۔ سفید ساڑی میں ملبوس ایک لڑکی آہستہ قدم ہوٹل میں داخل ہو رہی تھی۔ روشن نے آگے بڑھ کر لڑکی کا ہاتھ تھام لیا۔ لڑکی کے چہرے پر مسکراہٹ دوڑ گئی۔ کشور نے آنکھیں جھپکیں۔ اُسے محسوس ہوا جیسے روشن

کا ایک حسین سا گیت تھا۔ جو ایک حسین سی لڑکی کے روپ میں ڈھل چکا تھا۔

دونوں سامنے کے صوفے پر بیٹھ گئے۔ یہ وہی مخصوص نشست تھی۔ جس کے بارے میں روشن اکثر ذکر کرتا تھا۔ جسے دیکھنے وہ ہر شام کو ہوٹل میں آجاتا تھا جیسے خالی صوفے پر بھی اُسے لڑکی کا نقش دکھائی دیتا ہو۔

کشور اکیلا بیٹھا رہا۔

وہ دونوں ہنس ہنس کر باتیں کرتے رہے۔ کشور ان کے چہروں کے اتار چڑھاؤ سے باتیں سمجھنے کی کوشش کرتا رہا۔ ایسا لگتا تھا۔ روز ملتے تھے۔ تھوڑی دیر کے بعد لڑکی چلی گئی روشن بھی ساتھ چلا گیا۔ جلد ہی لوٹ آیا۔

کشور نے پوچھا۔

"کون تھی"

روشن نے گلاس ہونٹوں سے لگا لیا۔

"وہی لڑکی جس نے مجھے گیت دیئے تھے۔"

"کیا نام ہے"

"ریتا"

"روز ملتی ہے"

"کبھی کبھی اس ہوٹل میں آتی ہے۔ لیکن مجھے روز آنا پڑتا ہے"

"تمہیں اب اس سے کیا لینا ہے!"

"مجھے یہ خود بھی معلوم نہیں"

"اب بھی تم سے پیار کرتی ہے؟"

" مجھے معلوم نہیں۔ لیکن کبھی کبھی ملنے ضرور چلی آتی ہے۔"

" اُسے تارا کے بارے میں معلوم ہے؟ "

" نہیں۔ اُسے صرف اتنا معلوم ہے کہ اب میں بہت بڑا گیت کار بن گیا ہوں۔ اپنے گیتوں سے ہزاروں روپے کماتا ہوں"

" تم نے حقیقت بتا دی ہوتی "

" میں زینا کے سپنوں کو توڑنا نہیں چاہتا "

" وہ تو ایک دن ٹوٹ ہی جائیں گے "

روشن خاموش رہا۔ گلاس کو ہونٹوں سے لگائے بیٹھا رہا۔ آج وہ پینا بھی بھول گیا تھا۔ اپنے گیت گنگنانا بھی بھول گیا تھا۔ جیسے گہری سوچوں میں ڈوب گیا ہو کشور دیر تک اس کے چہرے پر نظریں جمائے بیٹھا رہا۔

کشور نے دبی زبان میں پوچھا

" کس سوچ میں گم ہو گئے "

روشن نے گلاس خالی کرتے ہوئے کہا

" اپنی اس عمر کے بارے میں سوچ رہا ہوں۔ جس میں آج تک سوائے ایک خوبصورت موہوم سے خیال کے کچھ نہیں ملا۔ ان فاصلوں کے متعلق سوچ رہا ہوں۔ جنہیں وقت کی دھند پلک جھپکتے ہی ناپ لیتی ہے۔ کتنے بدصورت فاصلے تھے۔ کتنی خوبصورت دھند تھی "

کشور نے بات بدلی۔

" آؤ آج تارا کے ہوٹل میں چلیں۔ "

تارا کے نام پر اس کے چہرے کا رنگ بدل گیا۔ جیسے وہ اسے بالکل بھول ہی گیا تھا۔ ایک دم یاد آ گئی۔

" تم نے ٹھیک یاد دلایا۔ آج میں نے تارا سے وعدہ کیا تھا۔ وہ آج ایک نیا رقص پیش کر رہی ہے۔ میرا ایک نیا گیت گا رہی ہے۔ آج کی رات رقص اور گیت کی رات ہوگی۔ خوب صورت ہے اور نکھر آئے گی "

اس نے بل کی رقم میز پر رکھی اور کشور کا سہارا لے کر ہوٹل سے باہر چلا گیا۔

پرانا ہوٹل بھرا ہوا تھا۔ چاروں طرف سگریٹ کا دھواں تھا اور رم کی کے بھرے ہوئے گلاس تھے اور رنگ برنگ کی ساڑیاں تھیں۔ اونچے طبقے کے لوگ اپنی بیویوں کے ساتھ آتے تھے۔ متوسط طبقے کے لوگ دوسروں کی بیویوں کے ساتھ۔ درمیان میں وہ لوگ بیٹھتے تھے۔ جن کے ساتھ اپنی بیویاں ہوتی تھیں نہ پرائی۔ وہ نہ اکٹھے ہوٹل میں آتے تھے اور نہ ہی اکٹھے جاتے تھے اکٹھے بیٹھ کر پیتے تھے۔ لیکن بل اپنی اپنی جیب سے ادا کرتے تھے۔ ہوٹل کے مختلف کونے اُس طبقے کے لئے مخصوص تھے۔ جو جھوٹے عہد و پیماں کے بندھنوں میں بندھے ہوئے تھے۔ وہاں جھوٹی قسمیں کھائے جاتے، گلے شکوے کرتے۔ کشور نے ہوٹل کی زندگی کو قریب سے دیکھ رکھا تھا۔ وہ وہاں کے چہروں اور مسکراہٹوں کے آثار چڑھاؤ سے ہی اندازہ لگا سکتا تھا کہ کس نوعیت کی باتیں ہو رہی ہیں۔ کس رشتے میں بندھے ہوئے ہیں۔

کشور ایک مدت کے بعد ہوٹل میں آیا تھا۔ سب کچھ بدلا بدلا سا دکھائی

دے رہا تھا۔ صورتیں بھی نئی نئی سی تھیں۔ دونوں ایک دوسرے کا ہاتھ تھامے کھڑے رہے۔ آرکسٹرا کوئی فلمی دھن بجا رہا تھا۔ جس میں وائلن کی چیخیں زیادہ تھیں۔ جو سیدھی دل کو چیرتی تھیں۔

کشور نے پوچھا

"آرکسٹرا والے تو پرانے ہیں۔ لیکن وائلن کی آواز کچھ نئی نئی سی لگ رہی ہے"

روشن نے لڑکھڑائی ہوئی آواز میں کہا

"آج تارا کا ماسٹر جی خود وائلن بجا رہا ہے۔ نئے رقص اور نئے گیت میں وہ خود وائلن بجاتا ہے،

"بڑی کرخت سی چیختی ہوئی آواز ہے"

روشن کو جیسے متلی کا احساس ہوا

"وہ خود بھی بڑا کرخت ہے۔ سراپا ایک بھیانک چیخ ہے"

کشور نے اپنی کہی۔

"اتنا خوب صورت ساز، اتنی خوب صورت لڑکی اور ماسٹر جی....."

روشن نے بات کاٹ دی

"بھوکا مر رہا تھا۔ حالانکہ بہت بڑا استاد ہے۔ رقص بھی جانتا ہے اور سنگیت بھی۔ تارا کو اس کے حوالے کر دیا۔

"حالانکہ مکروہ صورت ہے اور بدصورت چیزوں سے مجھے نفرت ہے"

کشور نے پوچھا

"شاید ابھی رقص کا پہلا دور بھی نہیں ہوا"

روشن نے ایک خالی نشست کی طرف بڑھتے ہوئے کہا

"میں جو موجود نہ تھا"

دونوں صوفے میں دھنس گئے۔

بیرے نے بھرے ہوئے گلاس سامنے رکھ دیئے۔ اور روشن کو سرگوشیانہ انداز میں کہا۔

"میم صاحب آپ کو اپنے کمرے میں بلا رہی ہیں"

روشن نے جلدی جلدی گلاس خالی کیا اور کشور کو ساتھ لے کر تارا کے کمرے میں چلا گیا۔

دائلن کی چینخیں مدھم پڑ گئیں۔ جیسے ماسٹر جی نے روشن کو تارا کے کمرے میں جاتے دیکھ لیا تھا۔

تارا رقص کے لباس میں تھی۔ شوخ بھڑکیلا میک اپ۔ نیم عریاں لباس۔ نیم عریاں جسم۔ کشور کو محسوس ہوا۔

جیسے تارا کی ساری معصومیت ساری خوب صورتی۔ ہمیشہ کے لئے ختم ہو گئی ہو۔ وہ اُسے دیکھ کر مسکرائی۔ لیکن کشور اس کے چہرے کو لمحہ بھر کے لئے بھی نہ دیکھ سکا۔ روشن نے ادھر ادھر کی باتیں کیں اور منیجر کے کمرے میں چلا گیا۔ شائد نئے رقص اور نئے گیت کا معاوضہ یاد آ گیا تھا

تارا کشور سے مخاطب ہوئی۔

"تم تو سچ مچ روٹھ گئے"

کشور خاموش رہا۔

تارا نے مسکراتے ہوئے کہا :
" روشن کو تم اچھا آدمی نہیں سمجھتے تھے ۔ اب وہ تمہارا اچھا دوست ہے " ۔
کشور نے زبان کھولی
" وہ میرا دوست ہے ۔ لیکن وہ اپنے دل کا دوست نہیں "
تارا کھلکھلا کر ہنس پڑی ۔
" تمہاری باتیں ۔ مجھے بہت پیاری لگتی ہیں ۔ نہ جانے کیوں ، جب بھی روشن کے بارے میں سوچتی ہوں ۔ تم بھی میری سوچوں میں آ جاتے ہو ۔ "
کشور خاموش رہا
رقص کی گھنٹی بجنے والی تھی ۔
تارا نے اس کا ہاتھ اپنے ہاتھ میں لیتے ہوئے کہا
" ایک وعدہ کرو کہ تم ہر روز یہاں آیا کرو گے "
کشور نے اس کی آنکھوں میں جھانکا ۔
" تمہارا حکم ہے "
اس نے گردن ہلائی ۔
" نہیں التجا "
" تم ایسا کیوں چاہتی ہو "
" مجھے معلوم نہیں ۔ لیکن اتنا ضرور محسوس کرتی ہوں ۔ کہ جب کبھی ڈوبنے لگوں گی ۔ تم مجھے بچاؤ گے ۔ روشن ہر وقت میرے قریب رہتا ہے ، لیکن

پھر بھی ایک عجیب سی دوری محسوس کرتی ہوں۔ تمہیں دیکھ کر اس دوری کا احساس مٹ جاتا ہے۔ روشن میرے بہت زیادہ قریب آجاتا ہے۔" کشور نے لمبی گھٹی آواز نکلی۔

"بس ہر روز آؤں گا۔ تمہارے رقص کے دوران بیٹھا رہوں گا"

تارا کا چہرہ کھل اٹھا

رقص کی گھنٹی بج چکی تھی۔

رقص شروع ہو گیا تھا۔ گیت کے بول شرابی ہونٹوں کو چوم رہے تھے ہونٹوں کی مسکراہٹ اپنی مہک سے نشے میں ڈوبی ہوئی دھڑکنوں کو چھیڑ رہی تھی۔ آج کا رقص آج کا گیت آج کی مسکراہٹ صرف روشن کے لئے تھی۔ وہ نشے میں دھت آنکھیں موندے خاموش بیٹھا ہوا تھا اور کشور آنکھیں پھاڑ پھاڑ کر دیکھ رہا تھا۔ اپنے سوئے ہوئے ذہن کو جھنجھوڑ جھنجھوڑ کر سوچ رہا تھا ــــ رقص کہاں ہے۔ گیت کے بول کہاں ہیں۔ ہونٹوں کی مسکراہٹ کہاں ہے! .... وہاں تو صرف ایک سنگ مرمر کا ننگا مجسمہ تھا۔ بے حرکت بے حس اور شرابی آنکھیں اس لمحے کے انتظار میں تھیں۔ جب وہ بے جان مجسمہ کسی سے روح مستعار لے کر صرف چند لمحوں کے لئے ان کی طرف بڑھے اور وہ اُسے اپنی بانہوں میں دبوچ کر دوبارہ اُسے منجمد کر دیں ــــ کشور نے بھی اپنی آنکھیں مُوند لیں۔ اُس کے کان بھی بہرے ہو گئے تھے۔ اس کا سارا جسم بے حس ہو گیا تھا۔ اُسے ایسا معلوم ہو رہا تھا۔ جیسے روشن کی محبوبہ نہیں ناچ رہی تھی اُس کی اپنی بیوی رقص کر رہی تھی۔ ایک ننگا رقص اور وہ خود تماشائی نہ تھا۔ خود تماشہ

بن گیا تھا۔

روشن نے آنکھیں موندے ہوئے پوچھا

" کس سوچ میں ڈوب گئے "

کشور نے بھی آنکھیں موندے ہوئے جواب دیا

" اپنی بیوی یاد آگئی "

" روشن نے لڑکھڑائی ہوئی آواز میں کہا

" کہاں ہے وہ "

" اپنے ماں باپ کے گھر دلہن بنی بیٹھی ہوئی ہے "

" اُسے لے کیوں نہیں آتے "

" کیسے لاؤں ؟ "

" کیوں "

" ایک کار ہو — ایک کوٹھی ہو — معقول آمدنی ہو "

" اُس کے لئے تمہیں تارا جیسی لڑکی کو ڈھونڈنا ہوگا۔ اُسے کسی ہوٹل کی رقاصہ بنانا ہوگا۔ جیسے میں نے .... "

اُس نے اپنی بات پوری نہ کی ۔

کشور کو متلی کا احساس ہوا۔ وہ ہوٹل سے باہر نکل گیا۔ باہر کی رات واقعی خوب صورت تھی۔ لیکن ہوٹل کی چہار دیواری کی رات بڑی بھیانک اور گھناؤنی تھی۔ شاید ایسی راتوں سے گھبرا کر ہی حساس دل لوگ خودکشی کرتے ہوں گے !

کشور نے دوبارہ ہوٹل میں بیٹھنا شروع کر دیا تھا۔ شام اترنے پر چلا جاتا اور رات ڈھلنے پر لوٹ آتا۔ اس دوران میں روشن اُسے نہ ملا۔ اب اُس نے اپنے پسندیدہ ہوٹل میں جانا بھی چھوڑ رکھا تھا۔ تارا ملتی۔ اِدھر اُدھر کی باتیں کرتی اور اپنے رقص میں گم ہو جاتی۔ اب نہ وہ روشن کی بات چھیڑتی اور نہ ہی اپنے بچپن کی کہانیاں سناتی اور نہ ہی کشور کی بات پر کوئی ہلکی دھیمی سی مسکراہٹ ہی اُس کے چہرے پر اُبھرتی۔ آہستہ آہستہ اس نے اپنے بناؤ سنگار میں دلچسپی لینی چھوڑ دی۔ تھکی تھکی کھوئی کھوئی سی لگتی۔

ایک دن کشور نے پوچھا

"کچھ دنوں سے تم کچھ کھوئی کھوئی سی لگتی ہو۔ تمہاری آواز کا سوز تو قائم ہے۔ لیکن رقص کی تڑپ ختم ہو چکی ہے۔ میرے لیے تو تم پتھر کا بُت تھیں ہی۔ لیکن ایک دن اپنے مداحوں کے لئے بھی پتھر کا بُت ہی ہو جاؤ گی۔ اور اس ہوٹل کے

دروازے تم پر بند ہو جائیں گے اور تمہارے محبوب کے سپنوں کا محل ڈھے جائیگا"

"تارا خاموش رہی۔

کشور نے اپنی بات جاری رکھی

" تمہاری آئندہ کی زندگی کا دارو مدار اسی ہوٹل کی چہار دیواری پر ہے

صرف چند مہینوں کی بات ہے۔ اسے پہلے کی طرح اپنائے رکھو۔ ورنہ روشن

ہاتھ سے نکل جائے گا اور تم دیکھتی رہ جاؤ گی "

تارا بجلی کی طرح چمکی۔

" روشن کے تقاضے بڑھتے ہی چلے جا رہے ہیں۔ ایسا لگتا ہے۔ رقص

سے پورے نہیں ہوں گے۔ اب مجھے اپنا جسم بھی بیچنا پڑے گا۔ جسے میں

نے آج تک گندے ہاتھوں سے بچا رکھا ہے "

کشور نے اُسی رو میں جواب دیا۔

" میں سب کچھ جانتا ہوں۔ میں بہت کچھ جانتا ہوں۔ لیکن یہاں بات

تمہاری اپنی سمجھ کی ہے۔ محبت میں اندھا ہونا تو ٹھیک ہے۔ لیکن اپنے جذبات

کو بے لگام چھوڑنا موت ہے "

تارا نے بھرائی ہوئی آواز میں کہا

" میں کیا کروں؟ "

" یہ تم بہتر جانتی ہو۔ لیکن ...... "

اُس نے بات کاٹ دی۔

" روشن نے ہوٹل میں رقص کرنے کے لئے کہا۔ میں نے انکار کر دیا۔ وہ مجھ

سے روٹھ گیا۔ کئی دن گھر نہیں آیا۔ میں نے سوچا صرف چھ مہینوں کی بات ہے۔ رقص بیچ کر اگر اپنا گھر آباد ہوسکتا ہے۔ اپنی محبت مل سکتی ہے۔ تو کوئی بات نہیں۔ لیکن اب تو میں اس ہوٹل کی مستقل رقاصہ بن گئی۔ ہو سکتا ہے۔ روشن کی بیوی بن کر بھی مجھے اس ماحول سے چھٹکارا نہ ملے۔"

کشور نے سوچوں میں ڈوبے ہوئے پوچھا

"روشن کہاں ہے!"

میں نے کئی دنوں سے اس کی صورت نہیں دیکھی۔ ہوٹل میں ایک برس کے لئے مجھے گروی رکھ کر بہت سی رقم ایڈوانس لے گیا ہے۔

"کچھ تو کہہ کر گیا ہوگا"

"گاؤں میں تھوڑی سی زمین اور پرانا مکان ہے۔ اسے بیچنے گیا ہے۔ تین چار دن کے لئے گیا تھا۔ پندرہ بیس دن ہو گئے ہیں۔"

"لیکن اس نے تو نے مجھے بتایا تھا کہ اس کی کوئی زمین جائداد نہیں۔ اس کا اپنی ذات کے سوا کوئی نہیں۔ یہ گاؤں کہاں سے نکل آیا۔"

"میرے لئے بھی نئی بات تھی۔ ہو سکتا ہے۔ ٹھیک ہی کہتا ہو"

کشور کے سامنے ریتا کا چہرہ ابھرا۔ وہ چہرہ ایک کار میں بدل گیا۔ ایک کوٹھی میں بدل گیا۔ ایک چھوٹے موٹے بیوپار میں بدل گیا۔ رقص کی کمائی سمیٹ کر وہ ریتا کے والدین سے سودا کرنے نکل پڑا ہو۔ ہو سکتا ہے۔ بھری ہوئی جیبیں دیکھ کر ریتا نے اپنے والدین کی عزت اور دولت کو ٹھکرا دیا۔ کشور کے ذہن میں عجیب عجیب سی باتیں ابھریں۔ روشن کے خوب صورت اور

گمناؤنے چہرے اُبھرے۔ ایک دوسرے میں غلط ملط ہو گئے۔ اب آنکھوں کے سامنے صرف تارا کا اداس چہرہ تھا۔ محبت کے کھیل میں مات کھایا ہوا چہرہ تھا
اس نے تارا کی ڈھارس بندھاتے ہوئے کہا

" روشن میرا دوست ہے اور تم میری اپنی ہو کر بہت پرانا رشتہ ہے عمروں کی جان پہچان ہے۔ میں تم دونوں کے لئے ایک پل بنوں گا۔ تم نے روشن پر بھروسہ کیا۔ اب مجھ پر بھی بھروسہ کر کے دیکھ لو "

تارا بچوں کی طرح پھوٹ پھوٹ کر رونے لگی۔

کشور نے اپنی بات جاری رکھی۔

" تمہاری محبت مر سکتی ہے۔ لیکن میری تلاش کبھی نہیں مرے گی۔ میں اُسے ڈھونڈ نکالوں گا۔ میں اُسے تمہارا بناؤں گا "

روتے روتے تارا مسکرا اُٹھی۔

" آج تم بھی نہ ہوتے۔ میں مر گئی ہوتی۔ میں نے ایکدن تم میں اپناپن دیکھا تھا۔ واقعی تم اپنے نکلے۔ ایک تمہاری محبت ہے۔ ایک میری محبت ہے۔ ایک روشن کی محبت ہے۔ ایک سی ہوتی ہوئی بھی کتنی مختلف ہے۔ "

رقص کی گھنٹی بجی۔

آنسو اپنے آپ تھم گئے۔ گیت شروع ہو گیا۔

بادل گھر آئے
اب بوندیں برسیں گی

..........—..........

گیت کی لے میں ایک زندگی بخش حرارت تھی ۔ خوش آئند مستقبل کی اُمید تھی اور گیت کی لے پر کان لگائے کشور سوچ رہا تھا۔ گھرے ہوئے بادل کبھی کبھار اپنے ساتھ بھیانک طوفان بھی لاتے ہیں ۔ ایسے طوفان جن میں جسم اپنے پاؤں دھرتی پر سے اُکھڑنے نہیں دیتے لیکن ان کی روحیں خزاں زدہ پتوں کی طرح بکھر جاتی ہیں ۔ اپنی شاخوں سے دور ہو جاتی ہیں ....

ہال تالیوں سے گونجا

گیت ختم ہو گیا تھا۔ اس کے کانوں میں جیسے وائلن نے چیخ بلند کی ۔ سارا جسم تھرتھرا اُٹھا ۔

"میں تارا کا ماسٹر جی ہوں "

کالا بھجنگ چیچک زدہ چہرہ ، نشے میں سوجھی ہوئی موٹی موٹی عقابی آنکھیں ، جو اس کی گھناؤنی صورت کو زیادہ بھیانک بنا رہی تھیں ۔ ماسٹر جی کریہہ صورت تھا ۔ نفرت کرنے کی چیز تھی ۔

ماسٹر جی نے پاس بیٹھتے ہوئے اپنے میلے دانت نکالے ۔

"میں کئی دنوں سے آپ سے ملنے کی سوچ رہا تھا ۔ آج موقع ملا"

کشور اس کے چہرے کو دیکھتا رہا ۔ واقعی کریہہ تھا۔ ایک سراپا بدتمیز تھا ۔ روشن ٹھیک ہی اس سے نفرت کرتا تھا ۔

ماسٹر جی نے بات چلائی ۔

"روشن آپ کا دوست ہے"

کشور نے اثبات میں گردن ہلاتے ہوئے کہا ۔

"ہاں"

"آپ اُسے کب سے جانتے ہیں"

"کئی برسوں سے"

"کیسا آدمی ہے"

کشور نے اُسی رَو میں جواب دیا،

"جیسا میں اور آپ ہیں"

ماسٹر جی نے بیرے سے وہسکی منگوائی۔ ایک ہی سانس میں پی ڈالی۔ بیڑی سلگا کر بولا

"میری شاگرد لڑکیاں اسٹیج کی رانیاں بنی ہوئی ہیں۔ نرتیہ کلا کو زندگی بخش رہی ہیں۔ نام ہے۔ دولت ہے شہرت ہے۔ لیکن روشن نے تارا کو ہوٹل کی رقاصہ بنا دیا"

کشور نے اس کا دل ٹٹولا۔

"روشن آپ کا دوست تھا۔ آپ نے اُسے منع کیوں نہیں کیا۔"

ماسٹر جی نے اُس کی بات سُنی ان سُنی کر دی

"میں اپنا سارا آرٹ تارا میں سمو دینا چاہتا تھا۔ لیکن......."

"اب بھی وقت نہیں گزرا۔ آپ تارا کو روشن کے جال میں سے نکال کیوں نہیں لیتے۔"

ماسٹر جی نے اپنی کہی۔

"تارا ایک بہت بڑی نرتکی بن سکتی تھی۔ روشن کے گیتوں میں الجھ

گئی "

" آپ بہت بڑے رقاص ہیں۔ سنگیت کار ہیں۔ صرف ایک کمی پوری کر لیجئے۔"

ماسٹر جی نے بدبودار سانسیں چھوڑیں۔

" وہ کمی کیا ہے۔"

" آپ گیت کار بن جائیے "

" وہ کس لئے "

" تارا کا دل جیتنے کے لئے "

ماسٹر جی خاموش رہا۔ جیسے اُس کے دل کو بات چھو گئی ہو۔ قدرے توقف کے بعد بولا

" کوئی مشکل کام نہیں۔ گیتوں کی دھن بنانے والا گیت بھی لکھ سکتا ہے۔ اور پھر یہ ضروری بھی ہے۔ آپ نے ٹھیک ہی کہا ہے "

وہ جیسے ابھی ابھی گیت لکھنا چاہتا تھا۔ ابھی ابھی تارا کو سنانا چاہتا تھا۔ جلدی جلدی دوسرا گلاس خالی کیا اور تارا کے کمرے میں چلا گیا۔ کشور سوچنے لگا کئی لوگ بے موت مرنے کے خواہاں کیوں ہوتے ہیں۔ روشن رینا کی طرف بھاگ رہا ہے۔ تارا روشن کی طرف بھاگ رہی ہے اور ماسٹر جی تارا کو بہت بڑی نرتکی بنانے کے خواب دیکھ رہا ہے اور وہ خود پر چھائیں کو پکڑنے کی کوشش کر رہا۔ لیکن اس ساری بھاگ دوڑ کی منزل ایک ہے۔ صرف بے موت مرنے کی خواہش۔ لیکن لمبی دوڑ میں وہ خواہش ہی رہتی ہے۔ کبھی پوری نہیں ہوتی۔

ماسٹر جی کی باتوں سے صاف ظاہر تھا کہ وہ تارا کو روشن کے گیتوں کے چکر سے نکال کر اپنے بزنیہ کے چکر میں ڈالنا چاہتا تھا۔ وہ روشن سے نفرت کرتا تھا۔ روشن کا نام زبان پر آتے ہی اس کا بھیانک چہرہ دہشت ناک ہو جاتا۔ ماسٹر جی سے پہلی ملاقات ہی بڑی وحشت ناک تھی۔ وائلن کی چیخ سے بھی زیادہ وحشت ناک!

تارا کے گرد بڑا عجیب سا ماحول بنا ہوا تھا۔ محبوب شرابی اور لاا بالی تھا۔ چچا شرابی اور عیاش تھا۔ ماسٹر جی، شرابی، ہوس اور انتقامی جذبے کا شکار تھا۔ اور تارا نے ایک شرابی اور آوارہ چہار دیواری کو اپنا رکھا تھا۔ جس میں سے اب روشن ہی باہر نکال سکتا تھا۔ لیکن جیسے وہ باہر نکلنے کا راستہ ہی نہ جانتا تھا۔ جیسے وہ تارا کو اس چہار دیواری سے باہر نکالنے کا خواہاں ہی نہ تھا۔

روشن کئی دنوں سے غائب تھا۔ وہ گاؤں میں اپنا مکان اور زمین بیچنے گیا تھا۔ ایک مہینہ گزر گیا نہیں لوٹا۔ ہو سکتا ہے۔ پانے کھونے کے چکر میں جھوٹ بولنا ضروری ہو۔ روشن کے بارے میں کشور کے دل میں بہت سے شکوک پیدا ہوئے۔ اس نے روشن کی تلاش شروع کر دی۔ وہ اپنا کھانا پینا بھی بھول گیا۔ تارا کا رقص دیکھنا بھی بھول گیا۔ اب وہ شام ڈھلتے ہی بڑے بڑے ہوٹلوں میں گھومتا۔ لیکن روشن کہیں دکھائی نہ دیتا۔

کبھی کبھار رقص کے دوران تارا سے ملاقات ہوتی۔ وہ آنکھوں ہی آنکھوں میں پوچھتی۔

"روشن ملا؟"

وہ آنکھوں ہی آنکھوں میں جواب دے دیتا۔

"نہیں"

تارا کے پاؤں لڑکھڑا جاتے۔ زبان لڑکھڑا جاتی۔ وہ اپنا رقص اپنا گیت ادھورا چھوڑ کر اپنے کمرے میں چلی جاتی۔

آخر ایک دن روشن سے ملاقات ہو گئی۔ بڑے ہوٹل میں رینا کے ساتھ اپنے مخصوص صوفے پر بیٹھا ہوا تھا۔ شام ڈھل چکی تھی لیکن ابھی ہوٹل خالی تھا۔ چائے اور باتوں کا دور ختم ہو چکا تھا۔ اب شراب اور سرگوشیوں کا دور شروع ہونے والا تھا۔ آرکسٹرا خاموش تھا۔ ہوٹل خاموش تھا۔ ہوٹل کے بیرے خاموش تھے۔ شاید سب گوررات کے جاگنے کا انتظار تھا۔ کشور سیدھا روشن کے پاس چلا گیا۔ ابھی اس کے جذبات قابو میں تھے لیکن کشور کو دیکھ کر ہیک سا گیا۔

کشور نے کہا

" پورے ایک مہینے سے تمہیں ڈھونڈ رہا ہوں"

روشن نے تعارف کرایا۔

" رینا سے ملو۔ نام بھی سنا ہے اور تم نے دور سے بھی دیکھا ہے"

" رینا کے چہرے پر مسکراہٹ ابھری لیکن کشور اپنے ہونٹوں پر مسکراہٹ نہ لا سکا۔

وہ دوبارہ روشن سے مخاطب ہوا۔

" تم نے گھر بھی آنا چھوڑ دیا"

روشن نے رینا کے ہاتھ پر لکیریں کھینچتے ہوئے کہا

" میرا گھر کہاں ہے "

" یہ تم بہتر جانتے ہو۔ لیکن........"

بیرے نے دو گلاس میز پر رکھ دیئے۔
روشن نے گلاس خالی کرتے ہوئے کہا۔
" ہوٹل میں گھر کی باتیں نہیں کی جاتیں۔ گھر کو بھولنے کے لئے ہوٹل میں بیٹھا جاتا ہے۔ تم اپنے پرائے سب گھر اپنے سر پہ اُٹھائے اُٹھائے پھرتے ہو۔"
کشور نے پوچھا۔
" تم اپنے گاؤں گئے تھے؟"
" اُس نے بہکی ہوئی نظروں سے ریتا کو دیکھا۔
" یہ گاؤں اِن آنکھوں میں ہے۔ میری زمین جائداد یہ آنکھیں ہیں"
ریتا شرما سی گئی۔
کشور نے لہجہ بدل کر پوچھا
" اور تارا ....
اُس نے بات کاٹ دی۔
" ریتا میری محبت ہے جس کا تعلق دل سے ہوتا ہے اور تارا میری پسند ہے جس کا تعلق آنکھوں سے ہوتا ہے"
" بھروسہ کس پر ہے۔ دل پر یا آنکھوں پر "
" آنکھوں پر "
" پھر دل سے کیوں دھوکا کھا رہے ہو "
روشن نے ایک گلاس اور خالی کر دیا۔
" کیونکہ دل کا دھوکا بڑا حسین ہوتا ہے "

"کسی کی زندگی سے تو زیادہ حسین نہیں ہوتا"

"کبھی کبھی اپنی زندگی سے بھی زیادہ حسین ہوتا ہے۔ بالکل ریتا کی آنکھوں کی طرح"

ریتا نے مسکراتے ہوئے کہا

"دو دوستوں کی باتوں میں مخل ہونا نہیں چاہتی مجھے اجازت دیجئے"

روشن بھی اس کی موجودگی میں سہنا نہیں چاہتا تھا۔ فوراً بولا

"آؤ تمہیں کار تک چھوڑ آؤں"

دونوں ایک دوسرے پر جھکے جھکے سے باہر نکل گئے اب خاموش آرکسٹرا کے ساز جھنجھنانے لگے تھے۔

کشور نے تہیہ کر لیا کہ آج وہ تارا کے بارے میں روشن کے ارادے جاننے کی کوشش کرے گا اور صاف صاف تارا کو بتا دے گا کہ جس خیالی دنیا کو اپنی گرفت میں لینے کے لئے وہ اپنا سب کچھ داؤ پر لگا رہی ہے۔

اس کا کہیں نام نشان نہیں۔

روشن لڑکھڑاتا ہوا لوٹ آیا۔

کشور نے بات چلائی۔

"میں اس نتیجے پر پہنچا ہوں کہ تم نے ریتا کو اپنانے کا پختہ ارادہ کر لیا"

روشن سنبھلا۔

"تمہارا مطلب ریتا سے شادی کا ہے"

"ہاں"

" میں نے کبھی ایسا نہیں سوچا ۔ اور پھر ایک بار کھوئی ہوئی محبت جب دوبارہ مل جاتی ہے تو اس سے شادی نہیں کی جاتی ۔ اُسے پا کر ایک بار پھر کھونے کی تمنا کی جاتی ہے کیونکہ زندگی انتظار کی عادی ہو جاتی ہے ۔ انتظار ختم ہو گیا ۔ زندگی ختم ہو گئی "

" اگر یہی بات ہے ۔ تو تم نے تارا سے ملنا کیوں بند کر دیا ۔ "
روشن نے ایک گلاس اور خالی کر دیا ۔ اب وہ نشے کے زور پر ہی بات کر سکتا تھا ۔

" اس لئے کہ تارا بدصورت لوگوں کو پسند کرنے لگی ہے "
" وہ لوگ جو ہوٹل میں آتے ہیں "
" نہیں ۔ جو اس کے ارد گرد رہتے ہیں "
" وہ کون لوگ ہیں "
" اس کا چچا ۔ جو بدصورت ہی نہیں ۔ نکی مزاج بھی ہے ۔ بنیتر روپیہ جس کی ذات پر خرچ ہو جاتا ہے ۔ دنیا کا کوئی ایسا عیب نہیں جو اس میں نہیں میں نے تارا سے کہا ۔ اُسے گھر سے نکال دو ۔ یہ ہم دونوں کے درمیان ایک دن دیوار بن جائے گا اور ۔ ۔ ۔ ۔ ۔ ۔ ۔ "
کشور نے بات کاٹ دی

" تارا نے کیا جواب دیا "
روشن نے اُسی رو میں کہا ۔

" یہی کہ وہ مجھے چھوڑ سکتی ہے ۔ ہر کسی کو چھوڑ سکتی ہے لیکن اپنے چچا

کو نہیں چھوڑ سکتی ۔ وہ میرے لئے اگر اپنا رقص بیچ سکتی ہے ۔ تو اپنے چچا کے لئے اپنا جسم تک بھی بیچنے سے دریغ نہیں کرے گی "۔

کشور نے دھیمے لہجے میں کہا

" چچا نے اُسے باپ کی طرح پالا پوسا ہے۔ اُس کے سوا دنیا میں تارا کا ہے بھی کون ۔ اُس نے تم سے کوئی غلط بات نہیں کی ۔ "

روشن نے اپنی بات جاری رکھی ۔

" میں نے کہا ۔ اس بدصورت ماسٹر جی کو نکال دو ۔ لوگوں کے لئے مذاق بن رہی ہو ۔ اُس نے میری بات ٹال دی ۔ وہ اسے چھوڑنے کے لئے تیار نہ ہوئی۔ کیونکہ اُسے آرٹ سے عشق ہے اور آرٹسٹوں کے لئے اس کے دل میں پیار رہے اس کے چھوٹے سے دل میں اگر اتنے پیار سمائے ہوئے ہیں ۔ تو میرے لئے کہاں جگہ ہے ۔"

کشور نے پیار سے بھرے انداز میں کہا

" وہ صرف تم سے محبت کرتی ہے ۔ تمہارے برتاؤ نے اس کی تمام تمنائیں ختم کردی ہیں ۔ اب صرف اُس کی ایک حسرت ہے کہ جن ہاتھوں سے تم نے اُسے رقاصہ کا لباس پہنایا ہے۔ اُنہی ہاتھوں سے اتار دو۔ جن قدموں کے سہارے تم نے اُسے ہوٹل کی چہار دیواری میں داخل کیا ۔ اُنہی قدموں سے اُسے وہاں سے باہر نکالو بڑی چھوٹی سی حسرت ہے ۔ایک بڑی خوب صورت زندگی بچ سکتی ہے "

روشن دیر تک پھٹی پھٹی سی آنکھوں سے دیکھتا رہا ۔

جیسے اب کشور کو پہچاننے سے قاصر ہو ۔ اُس نے جلدی جلدی

دو گلاس ایک ساتھ خالی کیئے اور سگریٹ کا ایک لمبا کش لیتے ہوئے کہا

"تارا تمہاری باتوں سے متاثر تھی ہی۔ اب ایسا لگتا ہے تم بھی اس سے متاثر ہو چکے ہو۔ تمہاری دلچسپی بڑھتی ہی جا رہی ہے۔ کیا تم انکار کر سکتے ہو کہ تم اس سے محبت نہیں کرتے!"

کشور نے لہجہ بدل کر جواب دیا۔

"میں تارا سے محبت کرتا ہوں۔ لیکن اس میں تارا کو پانے کی خواہش نہیں۔"

روشن نے بھی اُسی لہجے میں پوچھا۔

"اس میں کون سی خواہش ہے"

"یہی کہ ایک اچھی لڑکی ہے۔ اُسے اچھا گھر ملے۔ اُسے اپنا ساتھی ملے"

"اگر میں اُسے نہ اپناؤں تو"

کشور کی زبان بند ہو گئی۔

روشن نے اپنی بات جاری رکھی۔

"اگر میں اس سے شادی نہ کروں تو"

کشور کی زبان بند رہی۔

روشن کے چہرے کا رنگ بدل گیا۔

اگر میں تم سے کہوں کہ میں نے کبھی تارا سے محبت نہیں کی۔ میں آج بھی اس سے محبت نہیں کرتا۔ کیونکہ وہ ایک عزت دار لڑکی نہیں ہے، عزت دار ماحول کی پروردہ نہیں ہے۔ صرف ایک رقاصہ ہے۔ رقاصہ میں نے نہیں بنایا۔ اُس کے شرابی

چچا نے بنایا۔ تم اس کے چچا سے ملے ہو۔

کشور نے نفی میں گردن ہلائی۔

روشن نے اُسی رو میں کہا

"مل کر دیکھ لو۔ صحیح تصویر سامنے آ جائے گی۔"

کشور نے اپنی کہی۔

"تارا کے بارے میں تمہارا یہ آخری فیصلہ ہے۔"

"یہ میرا فیصلہ نہیں۔ میں نے تمہیں اپنے دل کی بات بتا دی۔"

"اپنے دل کی بات تارا پر کیوں ظاہر نہیں کر دیتے۔"

روشن نے آنکھیں موند لیں۔

کشور نے اپنی بات پوری کی۔

"کم سے کم وہ ہوٹل کی چہار دیواری میں رقص کرتے مر تو سکے۔ اگر اُسے چھوڑنے کے لیے تیار نہیں۔"

روشن نے لڑکھڑائی ہوئی آواز میں کہا

"میں تارا کے بارے میں فیصلہ کرنا چاہتا ہوں۔ میں ان احسانوں کا بدلہ چکانا چاہتا ہوں۔ جو میرے لئے بوجھ بن گئے ہیں۔ میں نے کئی بار سوچا۔ محبت کے لیے نہ سہی تو ہمدردی کے لئے تارا کو اپنا لوں۔ لیکن ہر بار ریتا راستہ روک کر کھڑی ہو گئی۔ حالانکہ ریتا میرے لئے ایک موہوم سے خیال کے کچھ بھی نہیں۔ حالانکہ میں اُسے نہیں پا سکتا۔ وہ بھی جانتی ہے۔ میں بھی جانتا ہوں۔

پھر بھی ایک دوسرے سے ملے بغیر چین نہیں آتا۔ پھر بھی ...."

روشن نے اپنی بات پوری نہ کی۔ اس نے کشور کا ہاتھ اپنے ہاتھ میں لیتے ہوئے کہا۔

"ایک وعدہ کرو"

کشور نے بمشکل آواز نکالی

"بولو"

"آج کی ملاقات کے بارے میں تارا سے بات نہ کروگے اور اُسے یہ بھی نہیں بتاؤگے کہ تم ریتا سے ملے ہو"

کشور نے پوچھا۔

"تارا سے ڈرتے کیوں ہو"

روشن جذباتی ہوگیا۔

"اس لئے کہ دوراہے پر کھڑا ہوں۔ نہیں چاہتا کہ کوئی خودکشی کرلے نہیں چاہتا کہ میں ہمیشہ کے لئے اندھیروں میں ڈوب جاؤں"

کشور نے پوچھا

"میں تو تارا سے بات نہیں کروں گا۔ لیکن تم اب اس سے بالکل ملنا نہیں چاہتے"

روشن نے اپنے آپ کو سنبھالنے کی کوشش کی۔

"میں اب اُس سے ملوں گا تو کوئی فیصلہ کرکے۔ میں کہیں نہیں گیا تھا اسی شہر میں دربدر پھر رہا ہوں۔ چاہتا ہوں۔ کوئی بات بن جائے، لیکن دل ساتھ دیتا ہے نہ دماغ۔"

کشور نے کہا

" تم جذباتی ہو گئے ہو۔ میرے ساتھ چلو "

" کہاں "

" تارا کا رقص دیکھنے۔ ہو سکتا ہے۔ اُسے دیکھ کر تمہارا دل اور دماغ کام کرنے لگیں۔ ہو سکتا ہے۔ کوئی فیصلہ کرنے میں مدد ملے "

روشن نے آنکھیں کھولنے کی کوشش کی۔

" لیکن وہاں مجھے کچھ دکھائی نہیں دے گا۔ کچھ سنائی نہیں دے گا۔ میں اس وقت اندھا ہوا۔ بہرا ہوں "

کشور نے اُسے صوفے سے اُٹھاتے ہوئے کہا۔

" تم میری آنکھوں سے سب کچھ دیکھ سکو گے۔ میرے کانوں سے سب کچھ سن سکو گے۔ گھبراؤ نہیں "

ٹیکسی میں بیٹھتے ہوئے روشن نے کہا۔

" میں نے زیادہ پی نہیں ہے۔ جذباتی ہو گیا ہوں۔ جانتے ہو کیوں! "

کشور نے اس کا سگرٹ سلگاتے ہوئے کہا

" کس بات پر جذباتی ہو گئے "

اُس نے سگرٹ کے دھوئیں میں اپنا چہرہ چھپالیا۔

" مجھے تارا یاد آگئی۔ اگر میں کبھی بے موت مر گیا۔ تو تم اُسے اپنا لینا۔ اپنے لئے اور تارا کے لئے نہ سہی۔ میرے لئے۔ میں دل کا مارا ہوا ہوں "

کشور خاموش رہا

تارا کے ہوٹل کے پاس پہنچ کر اس نے پوچھا

"تم مجھے کہاں لے آئے "

کشور نے جواب دیا

"تارا کا رقص دکھانے "

اس نے بہکے ہوئے انداز میں کہا

"میں نہیں جاؤں گا ۔ میں تارا کو نیم عریاں لباس میں نہیں دیکھ سکوں گا ۔ تم جاؤ "

کشور نے اسے جھنجھوڑا ۔

"تم اس حالت میں اس وقت کہاں جاؤ گے ؟ "

اُس نے کشور کو ٹیکسی سے باہر دھکیلتے ہوئے کہا

"مجھے اپنا راستہ معلوم ہے ۔ تم اپنا راستہ سنبھالو "

دوسرے ہی لمحے کشور ہوٹل کے سامنے کھڑا تھا اور ٹیکسی جا چکی تھی ۔ وہ دیر تک باہر کھڑا رہا ۔ ہوٹل کی چہار دیواری کی رات خوب صورت ہو گی ۔ لیکن باہر کی رات بڑی بھیانک اور گھناؤنی تھی ۔ پھر بھی کشور ہوٹل میں داخل نہ ہوا ۔ دیر تک باہر کھڑے رہنے کے بعد اپنے گھر لوٹ گیا ۔

جوں جوں وقت گزرتا گیا۔ کشور روشن سے مایوس ہوتا گیا اس کی محبت ایک دھوکا ایک ڈھونگ تھی۔ اپنے گیتوں میں جس مقدس پیار کی رچنا کرتا تھا۔ اُس سے روشن کے دل کی دھڑکنوں کے ساتھ دور کا بھی واسطہ نہ تھا۔ وہ ایک غلیظ ترین انسان تھا۔ ایک گھریلو لڑکی کی زندگی تباہ کر چکا تھا۔ اب دوسری لڑکی کو بھی اپنی مکروہ لپیٹ میں لینے کی کوشش کر رہا تھا۔ کسی کا ایک ذاتی معاملہ تھا۔ لیکن کشور غیر اختیاری طور پر اس میں پھنس چکا تھا۔ اب کوشش کرنے پر بھی اپنے آپ کو دور نہ رکھ سکتا تھا۔

تارا اپنے نشہ آلود ماحول کی عادی ہوتی جا رہی تھی۔ لیکن ابھی اس کا رقص ہی بکتا تھا۔ جسم نہیں لیکن حالات سے مجبور ہو کر وہ کسی وقت بھی اندھے کوئیں میں گر سکتی تھی۔ روشن کو بھول کر اب اُس نے کشور میں دلچسپی لینی شروع کر دی

تھی۔ کشور کی موجودگی میں اُسے سکون سا ملتا۔ اُس کے مایوس اور نااُمید چہرے پر زندگی کی رمق دوڑ جاتی۔ کشور نے تارا سے روشن کی بات نہ کی تھی۔ اُس نے کئی دنوں سے روشن کے بارے میں پوچھا بھی نہ تھا۔ شاید اُسے روشن کا اتہ پتہ معلوم تھا۔ شاید وہ یہ بھی جانتی تھی کہ آج کل وہ ایک نئی لڑکی میں دلچسپی لے رہا تھا۔

ایک دن ہوٹل میں بیٹھا تھا۔ چائے کے وقت کے بعد ہوٹل خالی ہو چکا تھا شاید کسی برات کے لئے ریزرو ہو گیا تھا۔ لیکن تارا ابھی نہیں آئی تھی۔ وہ آنکھیں موندے عدمے میں دھنسا رہا۔

تارا نے آکر جھنجھوڑا۔

"کس سوچ میں ہو؟"

کشور نے اُس کی آنکھوں میں ایک نئی چمک دیکھی جیسے اس کا روٹھا ہوا بہکا بھٹکا ہوا روشن دوبارہ اس کی زندگی میں آگیا ہو۔

کشور نے روشن کی بہت پرانے جملے دہرائے۔

پہلے آج کی برات کی سوچ رہا تھا۔ اب اُس عمر کے بارے میں سوچ رہا ہوں۔ جو دیکھتے دیکھتے ڈھل گئی۔ جو دیکھتے دیکھتے جوان ہو گئی۔ ان فاصلوں کے متعلق سوچ رہا ہوں۔ جنہیں وقت کی دھند پلک جھپکتے ہی ناپ لیتی ہے کتنے بدصورت فاصلے تھے۔ کتنی خوب صورت دھند تھی۔"

"تارا آنکھیں جھپک جھپک کر اُسے دیکھتی رہی۔ آہستہ آہستہ کسی بھولی بسری یاد کی طرح مسکراہٹ ہونٹوں پر پھیلنے لگی۔ ایک دم کھلکھلا کر ہنس پڑی۔ جیسے بیتی یاد کا چہرہ دیکھ لیا ہو۔ ہوٹل کی خاموش چہار دیواری میں گھنگھرو

سے بج اُٹھے۔ دیر تک سنسنی رہی۔ جیسے اپنے ہی دل کو کسی مترنم دھڑکن نے نیم وا آنکھوں کو سپنوں میں الجھا کر ہونٹ چوم لئے ہوں۔

کشور نے ڈرتے ڈرتے پوچھا۔

"کیا روشن آ گیا"

ہنستے ہوئے تارا نے کنکھیوں سے دیکھا۔

تم بھی روشن کی طرح بہکی بہکی باتیں کرتے ہو۔ آنکھوں ہی آنکھوں میں مسکراتے ہو۔"

کشور نے اپنی بات دہرائی۔

"کیا روشن آ گیا؟"

تارا نے اس کی بات سُنی ان سنی کر دی۔

"لیکن اب مجھے ان باتوں اور مسکراہٹوں سے سخت چڑ ہے۔ در حقیقت اب میں ہر ایک خوب صورت چیز سے نفرت کرتی ہوں۔ اپنی پسند کی چیز دل سے نفرت کرتی ہوں۔"

کشور چونکا۔ بہت پیچھے لوٹ گیا۔

تارا نے اپنی بات جاری رکھی۔

"کبھی مجھے خوب صورت چیزوں سے پیار تھا۔ سوچا کرتی تھی چاند کو اپنے سینے سے لگا لوں۔ چاندنی کو اپنی دھڑکنوں میں سمو لوں۔ لیکن اب مجھے چاند ایک کھنڈر دکھائی دیتا ہے۔ چاندنی ایک ادھ جلی رات دکھائی دیتی ہے، بڑی ہی گھناؤنی رات۔"

کشور نے دبی زبان میں کہا

"تمہاری جیسی خوب صورت لڑکیوں کو بدصورت چیزوں کے بارے میں سوچنا بھی نہیں چاہیے۔"

تارا نے کرخت لہجے میں کہا

"اب مجھے اپنے خوب صورت جسم سے بھی نفرت ہے"

"کیوں"

"اپنے پہلے اور آخری پیار نے مجھے یہی سکھایا"

"روشن کی بات کر رہی ہو!"

اُس نے اپنی کہی۔

"شاید اس نے اپنے لئے رقص سکھایا تھا۔ گیت دیئے تھے۔ اپنے لئے ہی نیم عریاں لباس پہنایا تھا۔ وہ دوسروں کی دولت تو برداشت کر سکتا تھا لیکن ان کی نگاہیں برداشت کرنے کی سکت نہ تھی۔ ایک دن بھاگ گیا۔ میرا سب کچھ اپنے ساتھ لے گیا۔ اپنا سب کچھ میرے پاس چھوڑ گیا۔"

تارا کی آنکھوں سے محبت کی پٹی اتر چکی تھی۔ جیسے اب وہ نئی آنکھوں سے اپنی پرانی محبت کو پہچاننے کی کوشش کر رہی تھی۔

کشور خاموش رہا

تارا نے اسی لہجے میں اپنی بات جاری رکھی

"پیار بھی اتنا چھوٹا اور کمزور ہو سکتا ہے۔ اتنا تنگ دل ہو سکتا ہے۔ کبھی سوچا بھی نہ تھا لیکن جھوٹے پیار کا آج بھی مجھے انتظار ہے۔ ایک بار پھر

دھوکا کھانا چاہتی ہوں جس کے ساتھ ایک رات نیم عریاں لباس میں ہوٹل میں داخل ہوئی تھی۔ اُسی کے ساتھ باہر نکلنا چاہتی ہوں۔ اور باہر نکل کر اسے ہمیشہ کے لئے چھوڑ دینا چاہتی ہوں "

تارانے جیسے ایک ہی گھونٹ میں اپنے سارے آنسو پی لئے۔

کشور اس کی آنکھوں میں روشن کے نقوش ڈھونڈنے لگا۔ جو اب دھندلے دُھندلے بھیگے بھیگے سے تھے۔

کشور نے مدھم سُر میں کہا

" یہ جانتے ہوئے بھی کہ تم روشن کے بارے میں کوئی بات سننے کے لئے تیار نہیں۔ یہ جانتے ہوئے بھی کہ میں تمہارے لئے اجنبی ہوں۔ میں نے بہت کچھ تمہیں بتادیا میں تمہیں بہکانا نہیں چاہتا تھا۔ تمہیں بہکنے اور بھٹکنے سے بچانا چاہتا تھا لیکن تم ناراض ہوگئیں میں دُکھی ہوگیا۔"

تارا کسی بچے کی طرح ٹپ ٹپ اسے دیکھتی رہی۔

کشور جذباتی ہوگیا۔

" نہ جانے کیوں، کس جذبے کے تحت میں نے ہمیشہ یہی سوچا کہ تمہارے پاؤں سے گھنگھرو اتار کر پازیب پہنا دوں اور کھلی فضاؤں میں چھوڑ دوں۔ اور تم اپنے مقدس پیار کو اپنے سینے سے لگائے دور نکل جاؤ۔ ان ہوسناک نگاہوں سے دور۔۔۔۔۔۔۔"

تارانے بھرائی ہوئی آواز میں کہا

میں نے بھی پازیب کی ہی آرزو کی تھی۔ گھنگھروؤں کی بیڑیاں ملیں۔ میں نے

ایک چھوٹے سے پرسکون گھر کی تمنا کی تھی۔ ہوٹل کی کشادہ مترنم چہار دیواری ملی۔ اب شاید موت ہی میری آرزو کرے گی۔ "

کشور نے اس کا ہاتھ اپنے ہاتھ میں لیتے ہوئے کہا

" گھبراؤ نہیں۔ تمہاری آرزو پوری ہوگی۔ روشن جذبات کی رو میں بہہ کر بھٹک گیا ہے۔ وہ ایک موہوم سے خیال کو اپنی گرفت میں لینا چاہتا ہے۔ ایک دن ہار جائے گا۔ تمہارے ان پاؤں کو چوم لے گا۔ جنھوں نے اُسے آج تک موت سے بچائے رکھا۔ "

تارا نے رندھی ہوئی آواز میں کہا

" اگر وہ نہ آیا تو "

کشور کوئی جواب نہ دے سکا۔

تارا نے دوبارہ پوچھا

" اگر وہ نہ آیا تو؟ "

کشور نے آنکھیں موند لیں

تو میں تمہیں ان گھنگھروں کی جگہ پازیب دوں گا۔ ہوٹل کی چہار دیواری سے نکال ایک چھوٹا سا گھر دوں گا"

تارا کی آنکھوں سے آنسو چھلک پڑے

" تم مجھ سے پیار کرتے ہو"

کشور نے اس کا ہاتھ اپنے دل پر رکھتے ہوئے جواب دیا۔

" میں تمہیں پہلے بھی بتا چکا ہوں۔ روشن کو بھی بتا چکا ہوں کہ میں تم سے

پیار کرتا ہوں۔ ایسا پیار جو صرف اتنا چاہتا ہے کہ.....“

تارا نے بات کاٹ دی۔

”تمہارا پیار کیا چاہتا ہے“

”تمہاری خوشیاں“

”اگر اپنی خوشی کے لئے میں کبھی خودکشی کر لوں۔ بے موت مر جاؤں۔ تمہارا پیار مجھے اجازت دے گا“

”اگر تمہارا دل تمہیں اجازت دے دے گا۔ تو میرے پیار کو بھی اعتراض نہیں ہوگا“

تارا کی روتی ہوئی آنکھیں مسکرا اُٹھیں۔

”تم ملے بھی تو کب۔ جب میرے پاس سوائے ان گھنگھروں کے کچھ بھی نہیں رہا۔ جب میرے پاس سوائے ایک بجھے ہوئے دل کے کچھ بھی نہیں رہا۔ جب میرے پاس وہ آنکھیں ہی نہیں رہی۔ جو خوب صورتی میں جھانک سکیں۔ تم میری زندگی کو تو نہیں سنوار سکو گے۔ البتہ تمہاری وجہ سے میری موت ضرور خوب صورت ہو جائے گی۔ حالانکہ اب مجھے خوب صورت موت بھی پسند نہیں۔“

تارا اُسے اکیلا چھوڑ کر چلی گئی۔

گیارہ بجے برات کو آنا تھا۔

کشور حسب معمول سر جھکائے اپنی اندھیری تنہائیوں کی طرف نکل گیا

تارا کا زخم اب ناسور بن چکا تھا۔ اُس کی ساری اُمیدیں ساری تمنائیں ختم ہو

تھیں۔ اب روشن کی محبت سوائے پرچھائیں کے کچھ بھی نہ تھی۔ وہ اس کی ساری پونجی سمیٹ کرلے گیا تھا۔ اس کا دل دماغ اور آنکھیں اپنے ساتھ لے گیا تھا۔ صرف ایک کھوکھلا جسم پیچھے چھوڑ گیا تھا۔

تارا اپنے کھوکھلے جسم کو کسی عزیز ترین یاد کی طرح سنبھالے زندگی سے نباہ کیے جا رہی تھی۔ اب وہ کسی کو اپنا جسم تو دے سکتی تھی۔ لیکن اپنا پیار نہ دے سکتی تھی۔ وہ ہمیشہ کے لئے مر چکا تھا۔

ایک شام کشور تارا کے ہوٹل میں داخل ہونے لگا۔ کسی نے پکارا۔ روشن ٹیکسی میں بیٹھا ہوا تھا۔ نئی بات تھی۔ اُس نے وہ راستے ہی چھوڑ دیئے تھے۔ جن پر وہ کبھی تارا کے ساتھ گھوما پھرا تھا۔ کشور چار چار پانچ دن سے تارا کو نہیں ملا تھا۔ ہو سکتا ہے۔ محبت نے کوئی نئی کروٹ لی ہو۔ روشن کی غیر موجودگی میں تارا اس کے خلاف بہت کچھ کہہ لیتی تھی۔ اُس سے نفرت کا اظہار کرتی تھی۔ لیکن اس کی موجودگی میں صرف بت بنی بیٹھی رہتی۔ صرف اس کی باتیں سنتی۔ ہو سکتا ہے۔ ریتا کے والدین سے مایوس ہو کر اس نے دوبارہ تارا کو اپنانا چاہا ہو۔ ہو سکتا ہے تارا نے ہی دوبارہ اُسے اپنا لیا ہو اور رقص کا سلسلہ اب ختم ہو گیا ہو۔ چار پانچ دن کا وقفہ چار پانچ برس کا طویل فاصلہ بھی بن سکتا تھا — کشور نے روشن کی آواز پہچان لی تھی۔ اُسے آواز کے لہجے سے ہی معلوم

ہو گیا تھا کہ وہ کس موڈ میں بیٹھا ہے۔ لیکن اس کے قدم ٹیکسی کی طرف نہ بڑھے اس کی آنکھیں ٹیکسی پر جمی ہوئی تھیں اور دل ہوٹل کی چہار دیواری میں جھانک رہا تھا۔ جہاں ابھی تارا کے رقص کے گھنگھرو خاموش تھے۔

روشن کے دوبارہ پکارنے پر وہ ٹیکسی کی طرف بڑھا۔ روشن حسب معمول معمول نشے میں دھت تھا۔ جھوم جھوم کر اپنا ہی کوئی گیت گنگنا رہا تھا۔ کشور کو دیکھ کر ہونٹوں پر ایک شرابی سی مسکراہٹ ابھری۔

کشور نے قریب جا کر کہا

"یہاں کیا کر رہے ہو!"

روشن نے لڑکھڑائی ہوئی آواز میں کہا

"پورے تین دن سے تمہارا انتظار کر رہا ہوں۔ معلوم ہوا کئی دنوں سے تم تارا کا رقص دیکھنے نہیں آ رہے ہو۔ کیا جھگڑا ہو گیا۔"

کشور نے ٹیکسی کا دروازہ کھولا

"تم ٹھیک وقت پر ملے ہو۔ کیا تارا سے ملاقات ہوئی"

اُس نے نفی میں گردن ہلاتے ہوئے کہا

"جانتے ہو۔ مجھے تارا کے چچا سے کیوں نفرت ہے"

کشور نے جواب دیا

"مجھے معلوم نہیں"

"اِس لئے کہ وہ بدصورت ترین شرابی ہے"

کشور نے اپنی زبان بند رکھی۔

اُس نے اپنی بات جاری رکھی

"جانتے ہو ۔ مجھے تارا کے ماسٹر جی سے کیوں نفرت ہے "

کشور نے جواب دیا ۔

"اس لیے کہ وہ کریہہ صورت ہے اور تمہیں بدصورت انسان پسند نہیں۔

لیکن تارا سے نفرت کی وجہ کیا ہے ۔کیا وہ بھی بدصورت ہے "

روشن نے زور زور سے گردن ہلائی

" وہ ایک ناچنے والی لڑکی ہے ۔ اور ایسی لڑکیاں بدصورت ہوتی ہیں۔

اور بدصورت چیزوں سے مجھے نفرت ہے "

" لیکن اس کی دولت سے تو تمہیں نفرت نہیں ۔ "

روشن نے اُسے ٹیکسی کے اندر کھینچتے ہوئے کہا

" اس کی کمائی ہوئی دولت بھی بدصورت ہے ۔ آج تک کسی خوبصورت

چیز کو نہیں خرید سکی "

کشور ٹیکسی میں بیٹھ گیا

ٹیکسی بڑے ہوٹل کی طرف چل پڑی

صوفے میں دھنستے ہوئے روشن نے بیرے کو آرڈر دیا ۔

" ہمارے سامنے گلاس خالی نہیں رہنا چاہیئے "

کشور نے پوچھا

" آج تمہاری مرضی کیا ہے "

روشن نے ہنسنے کی کوشش کی ۔

یہی کہ آخری بار پی جائے اور خوب پی جائے "
کیا خودکشی کرنے کا ارادہ ہے ؟"
" ارادہ کئے دوراہے پر کھڑا ہوں۔ آج فیصلہ کرنا ہے۔
" زندگی کو اپناؤں یا موت کو "
" کیا روپیہ ختم ہوگیا "
روشن نے بھرا ہوا گلاس کر دیا۔ خالی گلاس دوبارہ بھر گیا۔ کشور چھوٹے چھوٹے گھونٹ پیتا رہا۔
روشن نے اپنی کہی
" ایسا نہیں ہو سکتا تم تارا سے شادی کرلو اور مجھے ریتا کے لئے چھوڑ دو "
" لیکن تارا تم سے محبت کرتی ہے "
" لیکن ریتا بھی تو مجھ سے محبت کرتی ہے "
" ریتا نے تمہیں خودکشی کرنے کے لئے چھوڑ دیا تھا۔ لیکن تارا نے تمہیں خودکشی سے بچایا "
روشن کی زبان ساتھ نہیں دے رہی تھی بمشکل آواز نکالی
" اب میں چاہتا ہوں۔ تم تارا کو خودکشی سے بچاؤ "
" وہ کیسے ! "
" اس کے چچا کو اپناؤ۔ اس کے ماسٹر جی کو اپناؤ۔ اس کے گھنگھروں کو اپناؤ۔ وہ ایک دن تمہیں اپنائے گی۔ زندگی سے پیار کرنے لگے گی اور پھر.... .ایک گیت سناؤں تمہیں...."

کشور خاموش رہا۔

روشن نے سگرٹ سلگایا۔ سگرٹ کے دھوئیں میں اپنا چہرہ چھپالیا

" دل کا دھواں دیکھا ہے "

کشور نے زبان کھولی "

" میں نے جلتے ہوئے دل کے شعلے آنکھوں میں دیکھے ہیں "

" مجھے تارا کی صرف مسکراہٹ پسند ہے۔ آنکھیں مجھے ریتا کی پسند ہیں۔ جھیل جیسی گہری۔ جھیل جیسی پُرسکون۔ ایک دن ان میں ڈوب گیا۔ آج تک کنارا نہیں ملا "

کشور خاموش رہا

روشن نے اپنی بات جاری رکھی۔

" آج دن کو تارا سے ملا "

کشور چونکا۔

" آج دن کو .... لیکن تم تو کہہ رہے تھے کہ.... "

اُس نے بات کاٹ دی

" مجھے دو ہزار روپئے کی ضرورت تھی۔ میں نے مانگے اس نے دے دیئے۔ "

کشور کی آنکھوں سے شعلے سے نکلے۔

" یہ سلسلہ کب تک چلتا رہے گا۔ "

" تارا نے بھی پوچھا تھا "

" تم نے کیا جواب دیا "

" یہی کہ جلد ہی بند ہو جائے گا "

اُس نے کچھ اور بھی پوچھا

روشن کے چہرے کا رنگ بدل گیا

" بہت خوش تھی ۔ باتوں میں نئی کھنک تھی ۔ میں نے سوچا تھا ۔ اداس ہوگی مجھے دیکھ کر اس کی آنکھوں میں سے آنسو چھلک آئیں گے ۔ لیکن وہ ایسے ملی ، جیسے کوئی بات ہی ہوئی ہو ۔ جیسے اُسے میرے چلے جانے کا کوئی دکھ ہی نہ ہو ۔ ہو سکتا ہے تمہاری موجودگی کے احساس نے اُسے خوشیاں بخشی ہوں ۔"

روشن نے اپنا بھاری سر ہلایا ۔

اس نے اپنے بارے میں فیصلہ کر لیا ہے ۔ اُسے کنارا مل گیا ہے "

" میں سمجھا نہیں "

اس نے دو ہزار کے نوٹ میری طرف ایسے پھینکے جیسے کتے کی طرف روٹی پھینکی جاتی ہے "

" پھر بھی تم نے لے لئے "

" اپنا کنارا پانے کے لئے یہ بہت ضروری تھے "

" تم تارا کے کنارے کی بات کر رہے تھے "

" وہ اب کسی سے محبت کرتی ہے ؟ "

" کون ہے وہ "

روشن نے اپنی آنکھوں پر زور دیا۔

" ہو سکتا ہے۔ تم ہو۔ ہو سکتا ہے۔ ہوٹل کا کوئی خوب صورت سیٹھ ہو۔ ہو سکتا ہے......"

کشور نے بات کاٹ دی۔

" اب اُسے خوب صورت چیزوں سے نفرت ہے "

" لیکن بدصورت زندگی سے پیار نہیں کر سکتی۔ "

کشور نے اس کا دل ٹٹولنے کی کوشش کی۔

" لیکن تم تو رتیا کو اپنانے کی کوشش کر رہے ہو۔ تمہیں خوشی ہونی چاہیئے کہ تارا خود تمہاری زندگی سے نکل گئی "

اس نے سگرٹ سلگاتے ہوئے کہا

" کشتی منجدھار میں ہو۔ تو دونوں کناروں پر نظر رکھنی پڑتی ہے "

روشن صوفے پر ہی لڑھک گیا۔ کشور اُسے سنبھال کر ہوٹل سے باہر لایا۔ ٹیکسی میں بٹھاتے ہوئے کہا

" تارا کا رقص دیکھو گے "

اُس نے اپنے آپ کو سنبھالتے ہوئے جواب دیا۔

" میری زندگی کی یہ آخری رات ہے۔ آج ایک حسین سا فیصلہ کرنا ہے کل سے نئی زندگی شروع کرنی ہے۔ وہ زندگی زندہ رہ کر بھی شروع کی جا سکتی ہے اور موت کو اپنا کر بھی۔ کل کے بعد جب تم مجھے ملو گے۔ ہمیشہ کے لئے اپنا لو گے یا ہمیشہ کے لئے ساتھ چھوڑ دو گے "

کشور نے کہا

" ایسا نہیں ہو سکتا کہ اس آخری رات کو حسین بنا دیا جائے "

روشن نے آنکھیں پھاڑ پھاڑ کر اُسے دیکھا۔

" کیسے ! "

" ہم دونوں بیٹھے ہوں۔ تارا کے ہونٹ ہوں اور تمہارے گیت اور چھنچھناتے ہوئے گھنگھرو .... "

اُس نے زور زور سے گردن ہلائی "

" تم جاؤ۔ کئی دنوں سے نہیں ملے ہو۔ تمہارا انتظار کر رہی ہوگی "

ٹیکسی چلی گئی۔

کشور اکیلا رہ گیا

اور تارا نے دو ہزار کے نوٹ پھینکے تھے۔ جیسے کُتے کے آگے روٹی پھینکی جاتی ہے اور اب وہ روشن سے پیار بھی نہیں کرتی تھی اُس کے دل میں کوئی دوسرا سما گیا تھا۔ اُسے روشن سے بچھڑنے کا کوئی غم نہ تھا۔ جیسے روشن کو کھو کر اُس نے ایک نئی زندگی کو پا لیا ہو۔ جیسے پرانے روشن کو کھو کر ایک نئے روشن کو پا لیا ہوا !

کشور نے اپنے سر کو جھٹکا دیا۔ آج وہ خود بہک گیا تھا۔ اُسے اپنے پر سے اعتماد اُٹھ گیا تھا ـــــ کتنی منجدھاریں ہوں تو دونوں کناروں پر نظر رکھنی چاہیئے ! ؛ ـــــ لیکن یہاں نہ کوئی کشتی تھی۔ نہ کوئی منجدھار اور نہ ہی کوئی کنارا۔ پھر بھی کشور کو محسوس ہو رہا تھا کہ وہ منجدھار

میں ڈوبتا جا رہا ہے اور کسی وقت بھی اس کا وجود پانی کی گہرائیوں میں غرق ہوسکتا تھا ۔۔

۔۔۔۔۔۔۔۔۔۔۔

اُس اپنی آخری رات روشن نے کیا فیصلہ کیا۔ اُس نے اپنی زندگی کو ہمیشہ کے لئے اپنا لیا تھا یا اپنی موت کی آغوش میں سو گیا تھا۔ کشور کو معلوم نہ ہو سکا۔ وہ ایک دو بار بڑے ہوٹل میں گیا۔ پوچھ تاچھ کی۔ لیکن اب اُس نے وہاں آنا جانا بھی چھوڑ رکھا تھا۔ اُس آخری رات کی باتیں تارا کو معلوم نہ تھیں۔ وہ پہلے سے زیادہ خوش دکھائی دیتی تھی۔ اب ہنستی مسکراتی زیادہ تھی۔ باتیں کم کرتی تھی۔ روشن دو ہزار روپے لے گیا تھا۔ ان دونوں میں باتیں بھی ضرور ہوئی ہوں گی۔ لیکن تارا نے کشور سے ذکر نہ کیا۔

ایک شام کشور نے تارا سے پوچھا۔

"روشن نہیں ملا تھا"

تارا نے کنکھیوں سے اُسے دیکھا۔

"تمہیں آج روشن کیسے یاد آگیا؟"

"ایک دن مجھے ملا تھا۔ ہوش میں نہیں تھا۔ پھر بھی بہت سی باتیں بتا گیا"

"یہی کہ مجھے ملا تھا"

"ہاں"

"اور وہ ہزار روپیے لے گیا"

"ہاں"

"اور کیا کہا اُس نے"

"اُس دن وہ بہت زیادہ پریشان تھا۔ وہ کسی فیصلے پر پہنچنا چاہتا تھا۔ اس کے بعد مجھے ملا نہیں۔ میں نے اُس کے سارے ٹھکانے چھان مارے۔ ہو سکتا ہے۔ اپنی ذات سے ہی مایوس ہو کر اس نے......"

تارا نے بات کاٹ دی۔

وہ خودکشی نہیں کر سکتا۔ کیونکہ وہ بزدل ہے۔ گیت کار ہوتے ہوئے بھی وہ حساس دل نہیں۔ اور پتھر دل لوگ خودکشی نہیں کرتے"

"بڑا الجھا ہوا انسان ہے۔ بڑی اُلجھی ہوئی باتیں کرتا ہے۔"

"مجھے شک ہے۔ کوئی غلط قدم نہ اُٹھائے"

تارا نے مسکرانے کی کوشش کی

"میں اُسے کم سے کم جسمانی موت نہیں مرنے دوں گی۔ میں نے اُسے کہہ دیا کہ جب کبھی روپوں کی ضرورت ہو۔ میرے پاس آجانا۔

ناامید نہیں ہو گے۔ میں نے یہ بھی کہہ دیا کہ اب میں پیشہ ور رقاصہ ہوں۔ جو گھنگھرو تم نے مجھے پہنائے تھے، انہیں اب تمہارے ہاتھ بھی نہیں اتار سکتے۔"
کشور خاموش بیٹھا رہا
تارا نے اپنی بات جاری رکھی
"وہ چاہتا ہے میں سسک سسک کر مر دوں۔ صرف سپنوں سے کھیلتی رہوں۔ لیکن اب مجھے معلوم ہو گیا کہ جینے کے لیے ہی مرنا نہیں پڑتا۔ کبھی کبھی مرنے کے لئے بھی جینا پڑتا ہے۔"
کشور نے زبان کھولی
"تم دونوں کی باتیں میری سمجھ سے بالاتر ہیں۔ تم سب کچھ جانتے ہوئے بھی اس کی مدد کرنا چاہتی ہو۔ اُسے تمہارے گھر میں رہنا گوارا نہیں لیکن تم سے روپے مانگنے چلا آتا ہے۔ یہ محبت پیار کا کون سا جذبہ ہے۔ مجھے معلوم نہیں۔"
تارا نے اُسی رو میں کہا
"محبت جب کچھ کے کھا کھا کر نفرت بن جاتی ہے۔ تو انتقام کا روپ دھارن کر لیتی ہے۔ اب ہم بھی ایک دوسرے سے انتقام لینا چاہتے ہیں۔ اپنے اپنے انداز سے۔ میں نے ذرا خوب صورت سا انداز اپنایا ہے۔ کیونکہ میری زندگی اور زندگی کا جسم چاہے بدصورت ہو گئے ہیں لیکن میرا دل اب بھی خوب صورت ہے اُسے نہ روشن کی غلاظت چھو سکی اور نہ ہی اُسے روشن کا دیا ہوا ماحول داغدار بنا سکا"
تارا نے ایک طویل خاموشی کے بعد اپنی زبان کھولی تھی۔ اس کے لہجے

یں کوئی سٹپٹاہٹ نہ تھی۔ جیسے اُسے رُوشن کی دوری کا کوئی دُکھ نہ تھا۔ جیسے اُسے اب بھی اُمید تھی۔ وہ ایک دن آئے گا۔ اپنے کئے پر پشیمان ہوگا۔ تارا کی باتوں سے لگتا تھا کہ وہ اُسے ہر حالت میں زندہ رکھنا چاہتی تھی۔ چاہے اُس کے لئے خود دن میں کئی بار مرنا بھی کیوں نہ پڑے

تارا جب خاموش ہوگئی اور اپنے خیالوں میں کھوگئی۔ تو کشور نے بات چلائی۔

"وہ تم سے دُور کیوں ہوگیا۔ تم سے نفرت کیوں کرنے لگا؟"

تارا نے اُسی لہجے میں جواب دیا

"وہ اپنی ذات سے بھی دور رہنے کا عادی ہے۔ اُسے اپنے آپ سے بھی نفرت ہے۔ وہ پھول کو اپنے ہاتھوں سے گندگی بخشتا ہے اور پھر اُس سے نفرت کرتا ہے۔ دُور پھینک دیتا ہے۔ اُس نے مجھے ہوٹل کی رقاصہ بنایا۔ اپنے ہاتھوں سے گندہ ماحول بخشا۔ اُس کے بعد مجھے قابل نفرت چیز سمجھ کر پھینک دیا"

کشور نے دبی زبان میں کہا

"اس میں تمہارا قصور بھی تو ہے۔"

اُس نے اپنی بات جاری رکھی۔

"اُس نے ایک معصوم سے انسان کو شراب دی۔ جواری بنایا۔ ساری دنیا کے عیب اُسے سکھائے۔ بڑے پیار سے انداز سے اور جب ایک معصوم دل غلیظ ترین پستیوں کا عادی ہوگیا۔ اس سے نفرت کرنے لگا۔

اُسے میرے گھر سے نکالنے پر تل گیا۔"

کشور نے پوچھا

"کون تھا وہ"

تارا نے اُسی رو میں کہا

"میرا اچھا۔ پہلے اُس کی نظروں میں وہ ایک خوب صورت انسان تھا۔ بالکل اپنی طرح کا خوب صورت انسان۔ اب وہ ایک بدصورت اور ذلیل انسان بن گیا"

کشور نے پوچھا

تمہارے چچا کو غلط راستے پر چلانے کی کوشش کی جا رہی تھی۔ تم نے کیسے برداشت کر لیا۔"

"جیسے میں نے رقاصہ بننا برداشت کر لیا۔ میں اُس سے محبت کرتی تھی۔ مجھے اس کی ہر بات برداشت تھی۔ زہر بھی دیتا۔ میں پی لیتی۔"

کشور خاموش ہو گیا۔

اُس نے اُسی لہجے میں کہا

"یہ جانتے ہوئے بھی کہ مجھے بدصورت چیزوں سے گھن آتی ہے۔ ایک گندے بدصورت ماسٹر کو لے آیا۔ جو وائلن کے تاروں سے درد بھرے نغمے پیدا نہیں کرتا تھا چیخیں پیدا کرتا تھا۔ جنہیں سن کر دہشت ہونے لگتی۔ لیکن میں نے اُسے خوش دیکھنے کے لئے ماسٹر جی کو بھی اپنا لیا اور اس کی وائلن کی چیخوں کو بھی۔ لیکن ایک دن روشن کو اُس سے بھی نفرت ہو گئی۔ حالانکہ

روشن کی وجہ سے ایک آرٹ کا پجاری عادی شرابی بن گیا۔ مجھے کہنے لگا۔ تم اتنی خوبصورت ہو اور رہتی بھی اتنا مکروہ عورت۔ اُسے نکال دو۔ میں نے کہا۔ جو کچھ بھی ہے۔ تمہارا بنایا ہوا ہے۔ اور پھر وہ ایک سنگ تراش ہے اور میں ایک بت۔ بات معصوم دل اور پوتر ہاتھوں کی ہے۔ سیاہ چہرے کی نہیں۔ وہ چلا گیا۔ میں نے اُسے جانے دیا۔"

تارا جذباتی ہو گئی۔ اس کی آنکھوں میں آنسو چھلکتے دیکھ کر کشور نے بات بدل دی تھی۔

"میں تمہارا گھر دیکھنا چاہتا ہوں۔ تمہارے چچا سے ملنا چاہتا ہوں۔"

تارا نے جیسے آنسوؤں کا گھونٹ پی لیا۔ مسکرا کر بولی۔

"اب میرے گھر میں دیکھنے کی کیا چیز رہ گئی ہے۔ پھر بھی تمہیں ایک دن لے چلوں گی۔ کیونکہ اب صرف ایک حسرت باقی ہے۔"

کشور نے بھی مسکرانے کی کوشش کی۔

"اب کون سی حسرت باقی رہ گئی"

تارا نے اس کا ہاتھ اپنے ہاتھ میں لیتے ہوئے معصومانہ انداز سے کہا۔

"جب اپنوں کے ساتھ زندہ رہنے کی تمام امیدیں ختم ہو جاتی ہیں تو اپنوں کے سامنے مرنے کی حسرت ہوتی ہے۔ اپنی وہی حسرت پوری کرنا چاہتی ہوں۔"

رقص کی گھنٹی بجی۔

تارا چلی گئی

کشور نے سن کی من میں رہ گئی۔ وہ سر جھکائے اپنے اندھیروں کی طرف نکل گیا۔

رقص دور پیچھے رہ گیا لیکن رقص کے گھنگھروؤں کی جھنجھناہٹ ساتھ ساتھ چل رہی تھی۔

جیسے دور ہوتے ہوئے بھی تارا اس کے قریب ہوتی تھی۔ بھول کر بھی ساتھ رہتی تھی۔

کشور نے روشن کی تلاش جاری رکھی لیکن وہ غائب تھا۔ شاید کسی دوسرے شہر میں اپنی محبت کا ڈھونگ رچانے اور کسی بھولی بھالی لڑکی کو اپنے گیتوں کے جال میں پھنسا کر زندہ ہم بنانے کے لئے چلا گیا تھا۔ کیونکہ اب وہ اپنی غلیظ ترین زندگی سے نباہ نہیں کر سکتا تھا۔ تارا روشن کو بھول چکی تھی۔ اب شاید دھن کے ساتھ گیت بھی ماسٹر جی کے ہی ہوتے۔ روشن ہوٹل سے بہت سا روپیہ سمیٹ کر لے گیا تھا۔ اُسے چکانے کے لئے رقص کے پروگرام طویل ہو گئے تھے۔ لیکن تارا کے چہرے پر تھکن کے آثار نہ ہوتے۔ البتہ اس کی آنکھوں میں ایک انتظار ضرور ہوتا۔ اس کی آنکھوں کو روشن کا انتظار تھا۔ اس آخری رقص کا انتظار تھا۔ جسے ہوٹل میں آخری بار ناچنے کے بعد ہمیشہ کے لئے اپنے گھنگھروؤں کی بیڑیوں سے نجات حاصل کر لینا چاہتی تھیں۔ بڑی ہی خوبصورت آنکھیں انتظار کے آنسوؤں میں ڈوبی رہتیں کشور کو دیکھ کر لمحہ بھر کے لئے آنکھوں کا انتظار ختم ہو جاتا۔ جستجو کی چمک مدھم پڑ جاتی۔ دوسرے ہی لمحے دوبارہ اُبھر آتی۔ جیسے کشور اسکے انتظار کا چہرہ نہ ہو۔

صرف اس کی پرچھائیں ہو

ایک بار کشور نے پوچھا

کئی بار کشور نے پوچھا

"کئی دنوں سے محسوس کر رہا ہوں کہ تمہاری آنکھوں میں کسی کا انتظار ہے"

تارا کھلکھلا کر ہنس پڑی

"تم ٹھیک ہی محسوس کر رہے ہو"

"کس کا انتظار ہے"

تارا نے ہنستے ہوئے کہا

ایک رات سپنا دیکھا تھا۔ اُسے حقیقت بنتا دیکھنا چاہتی ہوں میری آنکھوں کو اس لمحے کا انتظار ہے جب وہ سپنا حقیقت بن جائے گا۔"

"کبھی سپنے بھی سچے ہوتے ہیں!"

"کیوں نہیں۔ کچھ نیندیں ایسی بھی ہوتی ہیں۔ ایسی راتوں کی پیداوار ہوتی ہیں۔ جو اپنے ساتھ سچے سپنے لاتی ہیں۔"

کشور اپنے سپنوں کی دنیا میں کھو گیا

تارا اپنی دنیا میں گم ہو گئی۔

دو تین دن کشور تارا سے نہ مل سکا۔ ایک شام وہ دفتر سے سیدھا تارا کے ہوٹل میں جا پہنچا۔ ایک کونے میں تارا بن سنور کر بیٹھی تھی۔ دلہن سی دکھائی دیتی تھی۔ قیمتی ساڑی، گلے میں قیمتی ہار، ماتھے پر جھومر۔ بالوں میں چمبیلی کے پھولوں کا گجرا۔ ہاتھوں میں چوڑیاں۔ اور ہونٹوں پر سدا بہار مسکراہٹ۔ کشور نے پھٹی پھٹی سی آنکھوں سے اُسے دیکھا

" آج کیا بات ہے!"

اُس کے ہونٹوں پر مسکراہٹ قائم رہی

" دلہن کا لباس پہن کر اپنی آنکھوں سے اپنا ہی رقص دیکھنا چاہتی ہوں"

کشور نے اپنی کہی

" میں تمہیں پہچان بھی نہ سکا۔ ہوٹل کی جگہ کسی گھر کے آنگن میں بیٹھی ہوتیں۔ تو شاید کبھی نہ پہچان سکتا"

تارا نے اس کی آنکھوں میں جھانکا۔

"میرا گھر دیکھو گے؟"

اُس نے اثبات میں گردن ہلائی۔

"ہاں"

"چلو"

"ابھی"

"ہاں"

"آج تمہارا رقص نہیں!"

"آج رقص کی رات دیر سے اُترے گی۔ آؤ میرے ساتھ"

کشور کی دیرینہ آرزو پوری ہوئی۔ تارا اُسے ٹیکسی میں بٹھا کر اپنے گھر لے گئی۔ راستے میں ہنس ہنس کر باتیں کرتی رہی۔ اس کا لباس اور روپ ہی نیا نہ تھا۔ اس کی ہنسی اور باتیں بھی نئی تھیں۔ جن میں ایک ایسی عورت کے دل کی روپ رکھا تھی۔ جو رقاصہ نہیں ہوتی جو محبوبہ نہیں ہوتی۔ صرف ایک بیوی ہوتی ہے۔ جو اپنے گھریلو جیون کی باتیں کرتی ہے۔ جو اپنے بچوں کی باتیں کرتی ہے۔ اپنے خوش آئندہ مستقبل کی باتیں کرتی ہے۔ جن میں شوخی اور چنچل پنا نہیں ہوتی۔ گمبھیرتا اور ٹھہراؤ ہوتا ہے۔ کشور کو محسوس ہوا۔ جیسے اس کی بیوی ساتھ بیٹھی گھر گرہست کی باتیں کر رہی ہو پرانی عمر کی پرانی ملاقاتوں کی باتیں کر رہی تھی۔ عمر جو بیت چکی تھی۔ ملاقاتیں جو ختم ہو چکی تھیں لیکن پھر بھی کتنی جوان تھیں کتنی حسین اور پُرسکون تھیں۔

ٹیکسی رُک گئی۔

تارا کا گھر آگیا۔ ایک چھوٹا سا خوب صورت فلیٹ تھا، ایک چھوٹا خوبصورت

لان تھا۔ چھوٹے چھوٹے رنگ برنگ کے پھولوں سے ڈھلکا ہوا۔ گھر میں ہر ایک چیز موجود تھی۔ قرینہ سے سجا کر رکھی ہوئی تھی۔ ہر طرف سادگی تھی۔ سنجیدگی تھی۔ ایک سکون پرور ماحول تھا۔ بچوں کے بہت ہی پیارے پیارے کھلونے تھے۔ جن سے کھیلتے آج تارا بھی خود ایک کھلونا ہی بنکر رہ گئی تھی۔

کشور نے پوچھا

" یہ تمہارا ڈرائینگ روم ہے "

اُس نے اثبات میں گردن ہلاتے ہوئے کہا

" آؤ تمہیں اپنے چچا سے ملاؤں "

دوسرے کمرے میں تارا کا چچا آرام کرسی پر بیٹھا جھوم رہا تھا۔ اس کے سامنے وہسکی کی بوتل اور گلاس پڑا ہوا تھا۔

کشور کو دیکھ کر اس نے مسکرانے کی کوشش کی۔ جھینپ گیا۔ جیسے سامنے پڑی بوتل کا خیال آگیا ہو۔ گھبرائی ہوئی آواز میں کہا

" صحت اچھی نہیں رہتی۔ اب اسی کے سہارے دن کاٹ رہا ہوں "

تارا نے تعارف کرایا

" کشور بابو ہیں "

چچا نے زور زور سے گردن ہلائی۔

" میں پہچان گیا۔ میں جانتا تھا۔ تم انہیں ایک دن ضرور اپنے ساتھ لاؤ گی"

تارا مسکرائی

" تمہارے روشن کی طرح خوب صورت ہیں یا نہیں۔ "

چچا نے زور زور سے گردن ہلائی۔

چہرہ ہی خوب صورت نہیں۔ ان کا دل بھی خوب صورت ہے"

تارا کھلکھلا کر ہنس پڑی۔

"تم نے روشن کے بارے میں بھی ایک دن یہی کہا تھا۔"

چچا خاموش رہا

تارا کشور کو کمرے سے باہر لے آئی۔

کشور نے پوچھا

"ماسٹر جی تمہارے ساتھ نہیں رہتے!"

"پہلے نہیں رہتے تھے۔ روشن چلا گیا۔ کئی دن نہیں آیا۔ میں ماسٹر جی کو لے آئی۔ ان کی وائلن کو لے آئی جس کی چیخوں سے کبھی مجھے نفرت تھی۔ اب پیار ہے جانتے ہو کیوں؟"

تارا کے ذہن پر دوبارہ روشن چھا گیا تھا۔ وہ خاموش رہا۔

اس نے اپنی بات پوری کی

"صرف اس لئے کہ روشن کو ماسٹر جی پسند تھے نہ ان کی وائلن" کشور نے خشک گھونٹ بھرا۔ آج ایک نئی عمر اس کے سامنے تھی۔ ایک نئی ملاقات اس پر جھکی ہوئی تھی۔ دبی زبان میں پوچھا

"ماسٹر جی کہاں ہیں"

"وہ ہوٹل میں بیٹھ کر پیتے ہیں۔ دیر سے گھر لوٹتے ہیں"

تارا اسے لان میں لے آئی۔ رات دبے پاؤں لان میں اتر رہی تھی۔

چھوٹے چھوٹے پھول ایک دوسرے پر جھکے ہوئے سرگوشیاں کر رہے تھے۔
دونوں لان میں پڑی ہوئی کرسیوں پر بیٹھ گئے
تارا نے پوچھا
" آج میں جتنی خوش ہوں۔ تم اتنے ہی اُداس ہو۔ کیا بات ہے؟"
کشور نے اسی لہجے میں جواب دیا
" آج تم عجیب سے موڈ میں ہو۔ اجنبی سی لگ رہی ہو۔ پہچاننے کی کوشش کر رہا ہوں۔"
وہ شرما سی گئی۔
" اپنے گھر میں ہوں اور پھر تم میرے دل کے گاہک ہو۔ رقص کرتے ہوئے نیم عریاں جسم کے نہیں۔"
کشور اس کی گہرائیوں میں ڈوب گیا
تارا نے جھنجھوڑا۔
" کیا سو گئے؟"
کشور نے جذباتی انداز اپنا لیا
" تمہیں تمہارے گھر میں دیکھنا چاہتا تھا۔ دیکھ لیا۔ ایک دیرینہ تمنا پوری ہوگئی۔ مجھے بہت کچھ یاد آگیا۔ میں بہت کچھ بھول گیا۔ حالانکہ....."
تارا نے بات کاٹتے ہوئے کہا
" میرا ساتھ تو نہیں دو گے؟"
کشور چونکا۔

"لیکن تم تو...... ؟"

اُس نے کشور کے ہونٹوں پر ہاتھ رکھ دیا

"کل اور آج میں بڑا فرق ہے۔ کل میں کچھ اور تھی۔ آج بالکل بدل گئی ہوں آج میں اپنے گھر میں ہوں۔ تم میرے ساتھ ہو۔ اپنا کوئی ساتھ ہو۔ تو پستیوں میں اُترنے میں بھی مزا آتا ہے۔ پھر تم تو بالکل روشن کا وہ دوسرا روپ ہو۔ پیارا، خوب صورت روپ۔ جیسے اِن ہاتھوں نے منوں شراب پلائی۔" وہ پاگلوں کی طرح ہنسنے لگی۔ جیسے اُس نے کوئی عزیز ترین شے کھو دی ہو۔ جیسے اُسے کوئی ہوئی چیز مل گئی ہو۔

کشور خاموش بیٹھا رہا۔ ان لمحوں کا انتظار کرتا رہا۔ جو ہر سوال کا جواب اپنے ساتھ لاتے ہیں۔ تارا کو بھی شاید ویسے ہی لمحوں کا انتظار تھا۔ خاموش بیٹھی برانڈی کے چھوٹے چھوٹے گھونٹ حلق سے نیچے اُتارتی رہی۔ حتیٰ کہ چھوٹی چھوٹی بکھری ہوئی ندیاں چاندنی کی سمتوں وسعتوں میں سما گئیں۔ چاندنی یکبارگی کھل اُٹھی تارا تارا کی موٹی موٹی آنکھیں جھکی جھکی گئیں۔ برف جیسے سفید اداس چہرے پر شفق کی سی لالی اور شوخی تھرتھرانے لگی...... کشور بھرا ہوا گلاس ہونٹوں سے لگائے دل ہی دل میں پوچھتا رہا۔۔۔ تارا۔ میں نے تمہیں پانے کے لیے آج تک کی عمر کھوئی میں تم سے پیار کرتا ہوں۔ میں تمہاری یادوں کے سہارے آج تک کی اپنی تاریک تنہائیاں کاٹی ہیں۔ تمہاری پازیب کی آواز سننے کے لیے آج تک بوڑھا کا کا زندہ ہے۔ کیا تم بھی روشن کو بھول کر مجھے اپنانے کو تیار ہو؟!

تارا نے جیسے اس کے دل کی بات سن لی۔ وہ گنگنانے لگی۔ شاید روشن

کا گیت تھا۔ شاید روشن کی یاد تھی۔ جو گیت کے بول بن کر اس کے ہونٹوں پر گنگنانے لگے تھے۔ گیت گنگناتے تارا جذباتی ہوگئی۔ اس کی آنکھوں سے آنسو چھلکنے لگے۔

کشور اپنے ماضی میں لوٹ گیا۔ اس نے جیسے اپنے آپ سے بات کی۔

پہلی بار میں نے تمہیں لمڑ کپن کے لباس میں دیکھا تھا۔ چبھن سی محسوس ہوئی۔ رات بھر سوچتا رہا۔ دوسری بار جوانی کے لباس میں دیکھا۔ دل ڈوبنے لگا۔ رات بھر ڈوبتے دل کو سنبھالے سوچتا رہا اور پھر ایک رات رقص کے نیم عریاں لباس میں دیکھا۔ دل نے ساتھ چھوڑ دیا۔ دماغ نے ساتھ چھوڑ دیا۔ سوچوں نے ساتھ چھوڑ دیا۔ لیکن آج پھر......"

تارا کی روتی ہوئی آنکھیں مسکرا اٹھیں۔

"کل تم نہیں آئے۔ ہوٹل میں کل بھی ایک برات آئی تھی۔ اور پھر ہوٹل میں کل میرا آخری رقص تھا۔ تم مجھے بہت یاد آئے۔"

کشور نے دھیمے سُر میں پوچھا

"کس کی برات تھی۔"

"اپنی رات کی ہی برات تھی۔"

"میں سمجھا نہیں۔"

تارا نے تھکی ہوئی آواز میں اپنی بات جاری رکھی

"بہت ہی خوبصورت دولہا تھا۔ بہت ہی حسین دلہن تھی۔ میری طرح کی ایک لڑکی تھی۔ زیوروں سے لدی ہوئی بیوی بنی سجی تھی کسی کے گھر

کی سہو بنی بیٹھی تھی۔ ایک دن آئے گا۔ جب اُس کے سپنے پورے ہوں گے۔
جب وہ اپنے بچوں میں گھری ....''

تارا بہت زیادہ جذباتی ہوگئی۔

کشور نے اس کا ہاتھ اپنے ہاتھ میں لیتے ہوئے کہا

''اندر چلو۔ تمہیں آرام کی ضرورت ہے''

تارا نے رندھی ہوئی آواز میں اپنی بات جاری رکھی

''دولہا دلہن کو ایک ساتھ بیٹھے دیکھ کر اپنا رقص بھول گئی۔ گیت کے بول بھول گئی۔ روشن بہت یاد آیا۔ غریب معصوم سپنوں کا شیدائی روشن جو میرے لئے گیت لکھتا تھا۔ جو میری آنکھوں میں جھک کر مجھ سے کہتا تھا ــــــــ'' تارا! تمہاری ان نیلی نیلی آنکھوں میں میرے گیتوں کی تکمیل ہے۔ میرے سپنوں کی تعبیر ہے .... تارا! یہ وقتی تاریکیاں ایک دن مٹ جائیں گی اور ہماری مایوس زندگیوں پر صبح کی شفق دور دور تک پھیل جائے گی اور ....''

وائلن کے تار ایک ساتھ فضا میں جھنجھنا اُٹھے۔

وہ چونکی

''ماسٹر جی آگئے۔ آؤ کمرے میں۔ ایسی راتیں بار بار نہیں آتیں۔ کون جانتا ہے کل کس کی برات آئے۔ آج میں رات بھر ماسٹر جی کی وائلن پر تمہارے سامنے ناچنا چاہتی ہوں۔ صرف اس لئے کہ تم میرے رقص کے گاہک نہیں۔ مجھے معلوم ہے۔ تم میرے دل کے گاہک ہو۔ مجھ سے پیار کرتے ہو اور یہ بھی

مجھے معلوم ہے کہ کل تم بھی نہیں آؤ گے۔ میں انتظار کروں گی تمہارا نہیں۔
تمہارے پیار کا نہیں۔ صرف تمہاری برات کا۔ ایک چھوٹی سی معصوم دلہن کا۔
تم نہیں ہوگے۔ صرف تمہارے پیار کی پرچھائیں ہوگی،

ماسٹر جی نشے میں دھت تھا۔ اسے جیسے تارا کا ہی انتظار تھا۔ تارا کو دیکھتے ہی وائلن کے تاروں کی تھرتھراہٹ تیز ہوگئی۔ تارا کے بہکے ہوئے پاؤں آہستہ آہستہ تھرکنے لگے۔ زلفیں چہرے پر بکھرنے لگیں اور دوسرے ہی لمحے سراپا رقص بن گئی۔ سارا چہرہ پسینے سے تر بتر ہوگیا۔ دیر تک ناچتی رہی۔ ناچتے تھرکتے حواس باختہ ہو کر چیخی۔

"جانتے ہو۔ کل رات کی برات کا دولہا کون تھا کل رات کے میرے آخری رقص کی دلہن کون تھی؟"

وائلن کے سارے تار جیسے ایک ہی بار جھنجھنا کر ٹوٹ گئے
ماسٹر جی نے وائلن کو اپنے سینے سے لگا لیا۔
کشور کی آنکھوں کے سامنے جیسے حسین ترین رات ٹوٹ کر بکھر گئی
وہ ہانپتی ہوئی بولی
"دولہا روشن تھا اور دلہن رتیا"
کشور کا جیسے دل ہی ڈوب گیا۔ تارا کا سارا جسم کانپ رہا تھا۔
ماتھے کا جھومر زلفوں میں الجھ کر رہ گیا تھا
اس نے کشور کو اپنی باہوں میں بھینچ لیا۔
روشن کی طرح تم بھی مجھ سے پیار کرتے ہو۔ مجھے معلوم ہے۔

اس پیار کے پیچھے برسوں کی منتظر نگاہوں کا احساس ہے۔ لیکن میں تمہاری عمر اور اس کے خوب صورت چہرے اور جسم سے کبھی شادی نہیں کروگی۔ اس عمر سے شادی کروں گی۔ اس مکروہ چہرے اور جسم کو اپناؤں گی۔ جس سے روشن کو نفرت تھی۔ جس سے تم بھی نفرت کرتے ہو اپنے خوب صورت جسم سے بدلہ لینے کے لئے نہیں۔ ایک بدصورت پیار سے انتقام لینے کے لئے۔۔۔۔''

تارا نے اپنی باہیں ڈھیلی چھوڑ دیں اور بڑبڑاتی ہوئی ماسٹر جی کے قدموں پر گر گئی۔ ماسٹر جی وائلن سینے سے لگائے کھڑا رہا۔ اس کا چیچک زدہ چہرہ مسکرا رہا تھا۔ اس کی باہر کو نکلی ہوئی بھیانک آنکھیں خوب صورت ہوگئی تھیں۔ کشور اپنی محبت کی پرچھائیں کو سینے سے لگائے باہر نکل آیا۔ آج اس کی آنکھوں کے سامنے اپنا کوئی دیرینہ ساتھی ہمیشہ کے لئے بچھڑ گیا تھا۔ لیکن بچھڑنے والے کا اُسے نام یاد نہ تھا۔ شاید اس کی اپنی کوئی دیرینہ آرزو بچھڑ گئی تھی۔ شاید وہ آج خود ہی اپنی ذات سے بچھڑ گیا تھا۔ ہمیشہ کے لئے مرگیا تھا۔